KB032961

쥐뿔도 없는 회귀

쥐뿔도 없는 회귀 2

목마 퓨전 판타지 장편소설

초판 1쇄 찍은 날 | 2018년 2월 7일
초판 1쇄 펴낸 날 | 2018년 2월 14일

지은이 | 목마
펴낸이 | 예경원

기획 | 위시북스
편집책임 | 이규재
편집 | 이즈플러스

펴낸곳 | 예원북스
등록번호 | 제396-2012-000132호
등록일자 | 2012. 7. 25
KFN | 제1-213호

주소 | 경기도 고양시 일산동구 호수로 646-24 위너스21Ⅱ빌딩 206A호 (우)10401
전화 | 031-819-9431 팩스 | 031-817-9432
E-mail | yewonbooks@naver.com

ISBN 979-11-6098-835-2 04810
      979-11-6098-833-8 (set)

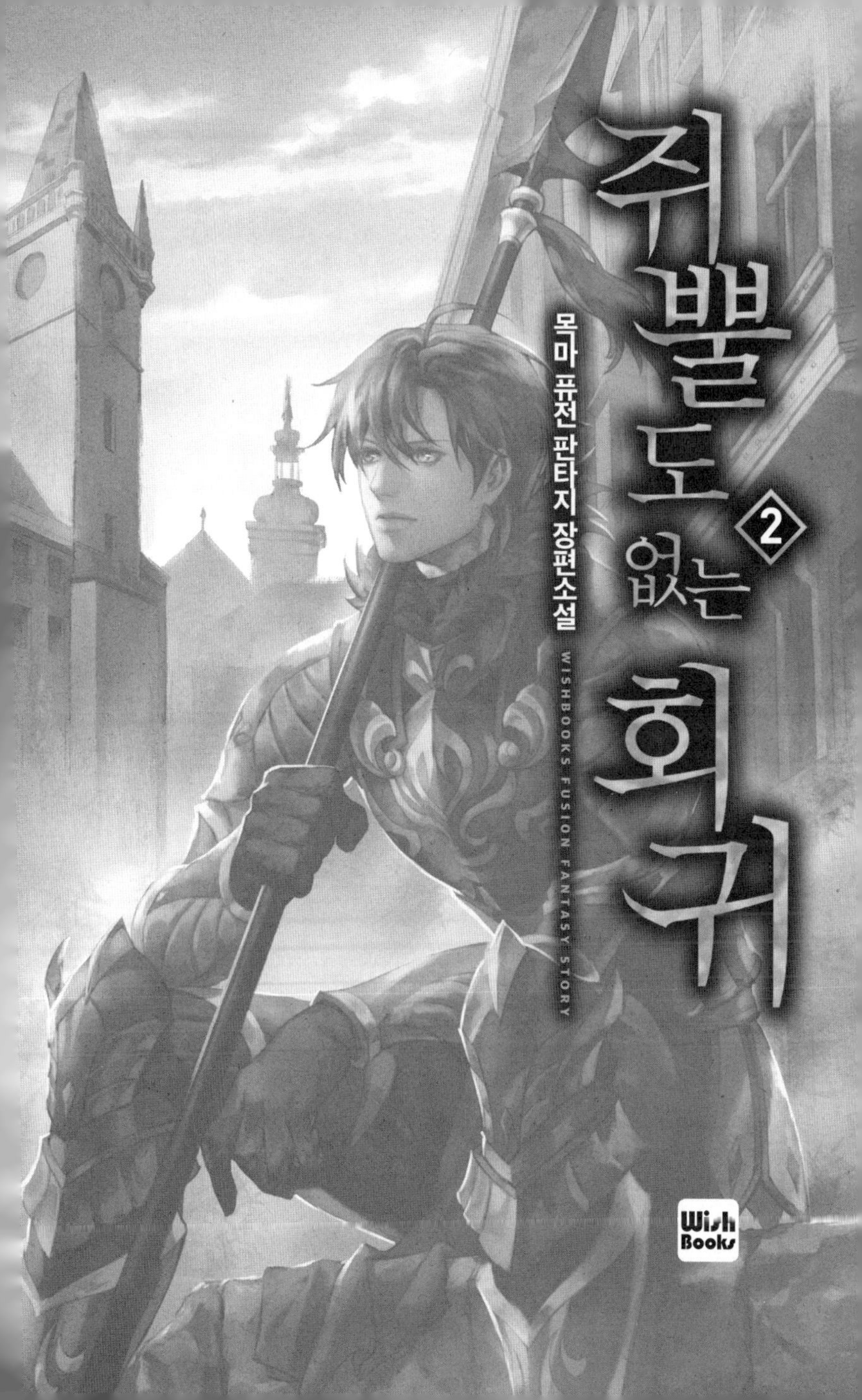
쥐뿔도 없는 회귀
2
목마 퓨전 판타지 장편소설
WISHBOOKS FUSION FANTASY STORY
Wish Books

CONTENTS

1장
므쉬의 산

'사건'은 이성민이 기억하고 있는 것처럼 흘러갔다.

이성민이 제나비스에 소환되고서 반년이 지났을 때, 무병 접골원의 늙은 의원이 죽었다. 무골 시술을 받지 못한 삼류 무인이 격분하여 의원을 때려죽여 버렸다.

이계인들 간의 다툼이 처벌까지 가는 경우는 드물지만, '주민'이 얽힌 경우라면 이야기가 다르다.

무병 접골원의 의원들 때려죽인 삼류 무인은 영주에 의해 처벌을 받았다. 처벌의 내용은 사형이었다.

이성민은 의원의 죽음을 알고 있었다. 전생에서도 무병 접골원의 의원은 그렇게 죽었기 때문이다.

알지만 막지 않았다. 막을 이유가 없었다. 이성민이 가지고 있는 정의감은 제 형편에 따라 언제나 기준치가 바뀐다.

만약, 노인과 이성민 사이에 친분이라는 것이 깊게 있었더라면 이성민은 노인의 죽음을 막았을 것이다.

하지만 친분 따위는 없었다. 노인에게서 무골 시술을 받았다고는 해도, 그것은 어디까지나 서로의 이해가 일치한 것 아닌가.

노인은 살아 있는 인간을 대상으로 한 '성공 사례'를 얻고 싶었던 것이고, 이성민은 무골이 필요했던 것뿐이다.

진심을 말하자면 얽히고 싶지 않았을 뿐이다.

노인의 죽음이 지나고, 시간은 흘렀다.

이성민은 모아둔 돈으로 여관비를 내면서 가끔 돈이 부족하다 싶으면 숲으로 사냥을 갔다.

고블린, 오크 가리지 않았다. 아공간 포켓에 전리품을 꽉 채우고서 돌아와 잭이나 한스를 통해 전리품을 팔아 돈을 벌고, 그 돈은 여관비를 내거나 저금을 했다.

위지호연은 떠났다. 더 이상 위지호연에게 가르침을 받을 수 없게 되었다. 다시 위지호연과 만나기 위해서는 10년이라는 시간이 지나야만 한다. 만약, 그때까지 이성민이 죽지 않는다면 말이다.

당연한 말이겠지만, 이성민은 죽을 생각이 없었다.

제나비스에서는 주기적으로 토너먼트가 열린다. 토너먼트는 이계인들의 소환을 겪는 주민들을 위한 유희이기도 하고,

처음 제나비스에 소환된 이계인들이 자신의 실력을 한번 확인해 보는 장소이기도 하다.

물론 그것뿐만은 아니다. 영주가 내거는 토너먼트의 우승 상품은 매번 다르기는 하지만, 기본적으로는 이계인이 앞으로 살아가는 것에 도움이 된다. 유희 거리를 제공하는 것에 대해서 나름대로는 합당한 대가의 지불이라고 할 수 있을 것이다.

토너먼트는 세 종류로 나뉜다. 하나는 마법 사용이 가능한 토너먼트, 다른 하나는 마법 사용이 불가한 토너먼트. 그리고 마지막은, 노 클래스만이 출전할 수 있는 노 클래스 파이트. 이성민이 노리는 것은 당연히 그쪽이었다.

우승은 쉬웠다.

위지호연이 떠나고서 노 클래스 파이트에 성령단이 걸릴 때까지, 이성민은 길고 긴 하루를 보냈다.

수면 시간을 줄이면서까지 창을 휘둘렀고 자하신공에 매진했다. 전생에서는 이렇다 할 삶의 목적 같은 것은 없었으나, 이번 생에서는 다르다. 위지호연을 목표로 잡은 이상 그만한 노력이 필요했다.

'위지호연뿐만이 아니지.'

이성민은 양손에 놓인 목갑을 내려 보았다.

노 클래스 파이트는 이성민이 일 년 동안 공을 들여온 것이 허무하다고 느껴질 정도로 쉬웠다. 하지만 그것은 당연한 결과이기도 했다.

노 클래스 파이트에 출전하는 노 클래스들의 수준은 고작해야 그 정도다. 삼류 무인에게 사냥당하던 것이 노 클래스고, 그들 중에서 상당한 재능을 가지고 있는 이들이라고 해봐야 제나비스에 머무르고 있는 수준에서는 그리 대단할 것도 못 된다.

반면에 이성민은 어떤가. 그는 자하신공과 구천무극창이라는 두 개의 신공절학을 익혔으며, 위지호연이라는 걸출한 천재에게 직접 지도까지 받았다. 지도에서 그치지 않고 내공까지 넘겨받았다.

전생의 경험을 바탕으로 하여 부족한 기본기까지 충당되었으니, 지금의 이성민은 일류의 경지에 도달해 있다고 보아도 충분했다. 내공 쪽이 아직 부족한 것은 사실이었지만.

'성령단을 먹으면 어느 정도 해결이 돼.'

이성민은 노 클래스 파이트에 출전해서 다섯 번을 싸웠고, 모두 승리했다. 전력을 내지는 않았다. 전력을 보여주어서 좋을 것이 없다고 생각했기 때문이다.

"여기서 먹고 가게."

출전자 대기실에서는 한 남자가 기다리고 있었다. 제나비스 영주가 데리고 있는 '기사'다.

"괜히 들고 나갔다가는 쥐새끼가 꼬일지도 모르니까. 자네를 위한 영주님의 배려이니, 영주님에게 감사하게나."

"······알겠습니다."

"만약 먹지 않고서 처분하고 싶다면 말하게. 금액으로 환산해 줄 수도 있으니까. 내공심법을 익히지 않았어도 먹는다면 큰 효과를 얻을 수 있을 터이니 잔걱정은 하지 말고."

팔아넘길 생각은 없었다. 이 정도의 영약이라면 팔아도 상당한 돈을 얻을 수 있겠지만, 지금의 이성민에게 필요한 것은 돈이 아닌 영약이었다. 영약은 돈이 있다고 해서 쉽게 구할 수 있는 것이 아니기 때문이다.

이성민은 즉시 가부좌를 틀었다. 기사를 믿을 수 있는가에 대해서는······ 생각할 가치가 없는 논제였다. 전생에서도 한 노 클래스가 성령단을 얻었고, 도움을 받았다.

'그러고 보니. 그 새끼는 어떻게 되었을까.'

전생에서 성령단을 얻었던 놈. 엄밀히 따지자면 이성민이 성령단을 얻으면서, 본래 성령단을 얻기로 되어 있던 녀석이 얻지 못하게 된 것이다.

'내가 신경 쓸 바는 아니지.'

이성민은 목갑을 열었다. 새하얀색의 환약이 목갑 안에 놓여 있었다. 이성민이 성령단을 들어 올리자 기사가 문 쪽으로 다가가서 섰다. 호법을 서주려는 것이다.

이성민은 성령단을 입안에 넣었다. 성령단은 혀에 닿은 순간 사르르 녹았다. 맛있지는 않았다. 애초에 맛이라는 것이 느껴지지 않았다.

이성민은 천천히 자하신공을 운용했다. 단전의 내공이 꿈틀거리면서 새로 들어온 성령단의 내공을 반긴다.

자하신공의 구결에 따라 내공이 기혈을 돌며 성령단의 내공이 함께 회전한다.

있는 전부를 단전에 쌓을 수는 없다. 이런 식으로 연단 된 영약의 내공은 기본적인 정제 과정은 거친 뒤이지만, 그렇다고 해서 올곧이 단전에 쌓을 수 있는 것은 아니다. 보통은 1/2를 자신의 것으로 삼는다. 나머지는 기혈에 흩어지거나 체외로 배출된다.

하지만 자하신공은 뛰어난 내공심법이었다. 대주천을 끝냈을 때, 이성민은 성령단의 내공 2/3을 단전에 쌓을 수 있었다. 남은 1/3도 체외로 배출된 것이 아니라 기혈에 녹았다. 위지호연이 불어 넣어준 내공과 마찬가지였다. 앞으로 자하신공이 운용됨에 따라서 흩어진 내공은 이성민의 단전으로 인도될 것이다.

"다 했나?"

이성민이 눈을 떴을 때, 기사가 말을 걸었다. 이성민은 가볍게 호흡을 고르면서 몸을 일으켰다.

"예, 감사합니다."

단전에 충만한 기운이 가득 차 있다. 전생에서는 한 번도 느끼지 못했던 단전의 묵직함이었다.

"노 클래스치고는 무공 실력이 괜찮아. 어떤가? 네가 바란다면 영주님에게 말을 올려 견습 기사로 추천해 줄 수도 있는데."

기사가 눈을 빛내면서 말을 걸었다. 사정을 모르는 기사가 보기에는 노 클래스이면서도 무공을 능숙하게 사용하는 이성민이 뛰어난 재능을 가진 천재로 느껴지는 모양이었다.

"아…… 말씀은 감사하지만…… 괜찮습니다. 해야 할 일이 있어서요."

"그렇다면 어쩔 수 없지."

아쉽다는 표정을 짓기는 하였지만, 기사는 더 이상 권하지는 않았다. 사실 이것은 이성민으로서도 놓치기 아까운 기회이기는 했다. 용병은 누구나 될 수 있지만 기사는 쉽게 될 수가 없기 때문이다.

하지만 이성민은 미련을 가지지 않았다. 성령단의 흡수를 끝낸 이성민은 대기실을 나왔다.

제나비스를 떠난다. 그 마음을 바꿀 생각은 없었다.

"인사를 드리려고 왔어요."

정 없이 떠날 생각은 없었다. 그래도 1년 동안 살았던 도시다. 그 1년 동안 이성민과 얽힌 인연이라고 해봐야 많지는 않다.

"그럴 줄 알았다."

우선은 한스. 노점상으로서 이성민이 제나비스에 도착한 다음 날부터 신세를 진 사람이다. 그는 굉장히 합리적인 가격에 물건을 팔아주었고, 한스는 이성민의 재능을 '오해'하여 중고 아공간 포켓을 넘겨주기도 했었다.

"노 클래스 파이트에서 우승했다는 이야기는 들었거든. 사실, 나는 네가 조금 더 빨리 떠날 것이라고 생각했어. 반년이 지난 시점에서부터 이 숲의 몬스터를 쉽게 사냥했으니까."

한스가 피식 웃으면서 말했다. 비록 한스의 호의가 이성민이 가진 재능에 대한 오해로서 만들어진 것이라고 하여도 이성민은 한스라는 인간에게 감사를 느끼고 있었다.

"아마 너라면 이 도시를 나가서도 잘살 수 있을 거다. 어디를 가나 그렇거든. 눈치가 좋은 녀석은 오래 살아남아."

나처럼 말이지.

한스가 이를 드러내면서 웃었다. 그는 품 안에 손을 넣더니 자그마한 주머니를 하나 이성민에게 던져 주었다.

"받아라."

"……아공간 포켓이잖아요?"

이성민이 놀란 표정을 지었지만, 한스가 던진 아공간 포켓은 제대로 받았다.

"중고야. 그래도 네가 쓰던 것보다는 조금 성능이 낮지. 저장 공간이 네 포켓보다 1.5배는 될 거다. 앞으로 살아가는 데

쓸 만할 거야."

"……왜 저에게 이걸?"

"이별 선물이다. 받아둬. 아마 나는 쭉 제나비스에 있을 거니까, 정 은혜라도 갚고 싶으면 나중에 뭐라도 보내놔."

한스가 히죽 웃으면서 말했다. 이성민은 멍하니 한스를 보다가 머리를 꾸벅 숙였다.

"감사합니다."

"감사는 무슨. 내가 주고 싶어서 준 건데. ……기왕 나가는 것, 유명해져라. 여기까지 네 소문이 들릴 정도로 말이야. 그 뒤에는 신나게 떠들어. 제나비스에 있을 적에 한스라는 노점상에게 많은 도움을 받았다고."

"네."

한스에게 인사를 하고서 이성민은 잭의 여관으로 향했다.

"떠날 거지?"

여관 안으로 들어왔을 때, 루라가 말을 걸었다. 이성민은 멈칫하고 굳었다가 머리를 갸웃거리며 물었다.

"어떻게 알았어?"

"네 방이 깨끗하게 정리되어 있었거든. 이불도 개어 있고, 청소도 해놨더라. 뭐 하러 그랬어? 그런 건 내가 하면 되는 건데."

테이블 위에 앉은 루라가 다리를 까닥거리면서 입술을 삐죽 내밀었다.

"별로 놀랍지도 않아. 1년이면 오래 머물렀잖아. 나도 안단 말이야. 이 도시에 도착하는 이계인은 언젠가 떠난다는 것을."

"……그렇지. 떠나야 해."

"여관에 취직하고 싶은 마음은 없어?"

루라가 이성민을 돌아보면서 물었다.

"우리 아빠, 너를 굉장히 마음에 들어 해. 싹싹하고 성실하다고. 네가 취직한다면 음…… 나중에 아빠가 너한테 여관을 물려줄지도 몰라."

"나한테 여관을 왜 물려줘? 네가 있잖아."

"바보 같은 놈."

이성민의 능청스러운 대답에 루라가 어깨를 바르르 떨었다.

루라가 하는 말이 무슨 의미인지는 이성민도 알고 있었지만, 이성민은 그에 대해서는 굳이 말하지 않았다. 그것이 옳았다.

"죽지 마."

루라가 삐죽 내민 입술을 열었다.

"기왕 떠나 살 거면 오래오래 살아, 죽지 말고. 너무 무리하지 말고. 안 되겠다 싶으면 그냥 이 도시로 돌아와."

"……그래, 고마워."

"그렇게 말하면서 결국 안 돌아올 거지?"

루라가 테이블에서 내려왔다. 그는 이성민을 빤히 보았다.
열다섯에서 열여섯이 된 소녀의 눈은 나이에 걸맞지 않게 차
분했다.

"아마도."

"그럴 줄 알았어. 평생 돌아오지 마, 바보 멍청이."

루라는 그렇게 쏘아붙이고서 휙 하고 몸을 돌렸다. 주방으
로 들어가던 루라의 걸음이 멈추었다. 다시 그녀는 휙 하고 몸
을 돌렸다.

"하지만 죽지는 마. 이건 진심으로 하는 말이야."

"안 죽어."

"흥!"

루라가 크게 콧방귀를 뀌었다. 그 말을 끝으로 루라는 주방
안으로 들어가 버렸다.

"애가 아직 어려서 그래. 너는 더 어리지만."

루라가 주방으로 들어가고 한스가 걸어 나왔다. 그는 큼직
한 바구니를 들고 있었다.

"가끔 보면 너는 나이보다 훨씬 더 늙어 보이지만 말이야."

"……어쩔 수 없죠. 살다 보니 그리되더라고요."

"누가 보면 몇십 년 산 줄 알겠다."

한스가 어이가 없다는 듯이 웃었다. 그는 들고 있던 바구니
를 이성민에게 넘겨주었다.

"배고픈 여행은 하기 힘들어. 빵은 잘 썩지만, 아공간 포켓이 있으니 썩지는 않겠지. 다니면서 아껴 먹어라. 그리고 우유도 좀 넣었다. 너는 우유를 좋아하는 것 같으니까."

"······감사합니다."

사실 우유를 그리 좋아하지 않는다. 그냥, 몸에 좋으라고 먹는 것이다.

"그리고 이것도 가져가. 내가 젊었을 때 쓰던 망토인데······ 보기에는 좀 그래도 마법이 걸린 놈이야. 칼날도 잘 안 박히고, 온도 유지 마법도 걸려 있어. 하지만 너무 과신하지는 마라. 그리 좋은 마법이 걸린 것은 아니거든. 너무 추워지거나 더우면 마법으로 유지가 안 돼."

중고라고는 해도 마법이 걸린 망토라면 제법 비쌀 것이다. 이성민은 잭이 건네준 바구니를 아공간에 넣고, 망토를 몸에 둘렀다.

"······너무 큰데요······."

"네 몸이 커지면 맞겠지."

잭이 심드렁한 얼굴로 말했다. 그는 망토를 두른 이성민의 어깨를 두드리면서 말했다.

"그래도 말이야, 너는 내가 여관 일 하면서 만난 노 클래스 중에서 제일 나았어. 다른 도시에서도 잘살 수 있을 거다."

"감사합니다."

"감사는 무슨, 사실을 말한 건데. 나중에 여유가 생긴다면 놀러 와서 얼굴이나 비춰. 내 딸이 결혼한 뒤에 말이야."

잭이 누런 이를 드러내면서 웃었다.

"아빠!"

주방에서 루라가 빽 하고 고함을 질렀다. 아닌 척하면서도 이야기를 몰래 엿듣고 있던 모양이다. 잭은 찔끔 놀라 어깨를 움츠리면서 소곤거렸다.

"아니면 말이다. 크흠! 빨리 돌아와서 내 딸이랑⋯⋯."

"아빠, 닥쳐!"

루라의 외침은 비명으로 바뀌었다. 이성민은 쓰게 웃으면서 머리를 끄덕거렸다.

"생각해 볼게요."

그렇게 하지는 않겠지만.

이성민은 잭의 여관을 나왔다. 7월이었다. 에리아 년으로는 1104년이었고, 이성민이 에리아에 온 지 일 년이 조금 지났다.

몸에 두른 망토는 조금 컸지만 그 큼직함이 이성민은 오히려 마음에 들었다.

그는 망토 윗단을 둘둘 말아 끝자락이 바닥에 끌리지 않도록 하고서 북쪽 성문을 향해 걸었다.

'전생에서는 3년. 이번에는 1년.'

2년 빠르게 제나비스를 졸업했다.

2년이나 빠르게 졸업하기는 하였지만, 문제가 있었다.

현재 이성민의 나이는 15살. 전생에서 이성민이 용병이 된 것은 17살 때로, 제나비스의 근처에 있는 도시 베헨게르에서 였다.

베헨게르에 도착하기 전의 3년 동안 이성민은 제나비스에서 생존했다. 성령단 이후로 2년간은 콜로세움에서 주목할 만한 상품은 걸리지 않는다. 제나비스에 남아 있을 필요가 없다.

그렇다고 베헨게르로 바로 갈 필요가 있는가?

'아니.'

이성민은 앞으로 2년 동안 베헨게르에서 무슨 일이 일어나는가에 대해서는 무지했다.

이성민이 기억하고 있는, 앞으로 잡아야 할 기회는 모두 지금으로부터 2년은 훌쩍 넘어서의 일이다. 애초에 전생의 이성민이 잡지 못한, 놓쳤던 기회들에 대한 소문은 이성민이 용병일을 하면서 접했던 것들이다.

즉, 이성민은 앞으로 보내야 할 2년 동안 있었던 사건들에 대한 기억은 가지고 있지 않다.

퍼억!

튀어나온 오크의 머리가 이성민의 창에 맞아 박살 났다. 이성민은 호흡을 내뱉기도 전에 세 번 창을 내질렀고, 세 번 내지른 창은 오크 세 마리의 머리를 으깨놓았다.

'일류…….'

전생에서 13년 동안 노력하여 도달하지 못했던 일류의 경지.

지금의 이성민은 그 경지에 가까워 있었다. 위지호연에게 전해 받은 내공과 성령단의 내공 덕분이었고, 자하신공과 구천무극창 덕분이었다.

하지만 부족하다.

이성민이 목표로 잡고 있는 것은 소천마 위지호연이었다.

반년 전, 떠나는 위지호연과 비무를 하였을 때. 그때의 이성민의 수준은 이류와 일류의 중간에 걸쳐 있었다. 그런데도 위지호연의 옷깃 하나 스치지 못했다. 다 큰 것도 아니고, 13살의 위지호연은 벌써부터 절정 이상의 실력을 가진 고수였다.

절정고수와 일류고수. 그 차이는 하늘과 땅 차이다.

'하급 무골에 노 클래스 보정으로 무공의 성취 자체는 빠르게 얻을 수 있어. 문제는…….'

그것을 사용하는 이성민 본인에게 있다. 현재 이성민의 자하신공 성취는 2성이고 구천무극창은 3성이다.

하급 무골과 노 클래스 보정으로 성장에 가속을 받았기에 이나마 오른 것이지, 이마저 없었더라면 아직도 1성에서 빌빌거리고 있었을 것이다.

무공 자체는 성장시킬 수 있다. 하지만 무공을 쓰는 것은 이성민 본인이다. 싸우는 것은 이성민 본인이다. 전투 도중에 판단을 내리는 것도, 몸을 움직이는 것도, 적절한 공격과 방어를 선택, 행동하는 것도 이성민이다.

'시간이 필요해.'

지금 당장 베헨게르로 갈 필요는 없다. 바로 베헨게르로 가서 용병이 된다고 하여도 이성민이 할 수 있는 것은 용병 길드에서 의뢰를 받아 해결하며 돈이나 모으는 것이 고작이다.

그것보다는 수행을 위한 시간이 필요했다.

이성민은 걸음을 멈추었다. 이대로 쭉 나아가 숲을 가로지른다면 베헨게르에 도착하게 된다.

이성민은 머리를 돌렸다.

산이 보인다.

"이렇게 어린 수행자는 오랜만이로군요."

'므쉬'는 에리아에서 모셔지는 많은 신 중에서 시련과 고행을 관장하는 신이다.

이곳, 므쉬의 산은 므쉬를 따르는 사제들이 관리하고 있는 산이며 제나비스와 베헨게르에서 비교적 가까운 곳에 위치해 있다.

"나이가 문제가 됩니까?"

이성민이 질문했다. 비교적 가깝다고는 해도 육로로 이동한다면 나흘이 걸린다. 나흘 동안 제대로 씻지도 못한 이성민의 몰골은 꾀죄죄했다.

"아뇨, 나이는 문제 되지 않습니다. 시련을 겪고 고행을 겪는 것에 나이가 무슨 문제가 있겠습니까."

이성민의 물음에 대답한 므쉬의 사제는 양 뺨이 움푹 들어가고 눈 밑이 검게 죽어 있었다. 그는 이성민을 향해 입술을 열어 웃음을 보여주었다.

"이 산에 대해 알고 계십니까?"

"대충은."

사제들에게 허락된 수행자들은 저 산에서 므쉬의 보호를 받는다.

수행자들은 서로에게 위해를 가할 수가 없다. 위해를 가하고자 한다면 므쉬에 의해 제지된다. 그것은 므쉬가 관장하고 있는 '시련'과 '고행'이 철저하게 자기 자신을 위한 것이기 때문이었다.

"금제를 받으시겠습니까?"

므쉬의 사제가 물었다. 이성민은 사제를 물끄러미 바라보았다. 이곳에 오는 나흘 동안 스스로에게 어떤 금제를 가할지에 대해서는 생각해 두었다.

"미각."

이성민이 손을 들어 입을 가리켰다.

"또, 내가 느끼는 '무거움'에 대한 금제를 받겠습니다."

"알겠습니다."

므쉬의 사제가 머리를 끄덕거렸다. 그는 딱히 마법을 사용하지도 않았고, 기도를 하지도 않았다. 단지 몇 걸음 뒤로 물러서서 이성민이 앞으로 갈 길을 열어주었을 뿐이다.

"저희는 아무것도 제공해 드리지 않습니다. 저 산에서 먹고, 마시고, 자고…… 살아남는 것은 전적으로 당신의 몫입니다, 어린 수행자여."

이성민은 대답하지 않고서 사제를 지나쳤다.

므쉬의 산에 대한 소문은 전생에서도 몇 번을 들었지만, 직접 와본 것은 처음이었다. 전생에서는 그럴 필요가 없었기 때문이다.

므쉬의 산.

이 산에서 무엇을 얻는가는 전적으로 수행자 본인에게 달려 있다. 어쩌면 허송세월을 할지도 모르고, 어쩌면 오히려 무언가를 잃을지도 모른다.

보통 잃게 되는 것은 그 목숨이다. 므쉬는 수행자가 서로 죽이는 것을 용서하지 않지만 수행자가 홀로 죽는 것은 신경 쓰지 않기 때문이다.

하지만 고행과 시련의 끝에는 보상이 주어진다. 스스로에게 어떤 금제를 가하느냐에 따라 고행과 시련은 가혹해지고, 그것을 넘기게 되었을 때 므쉬는 수행자에게 손을 내밀어준다.

이성민이 바라는 것은 그것이었다. 가진 재능이 일천한 이성민은 남들과 똑같은 방식으로는 경지에 도달하기가 힘들다. 그렇기에, 이곳에 온 것이다.

신전을 지나친 순간.

[환영한다.]

이성민의 귓가에 그런 목소리가 스쳤다.

"헉."

이성민은 자신도 모르게 입을 벌려 놀란 소리를 냈다.

몸이 무겁다. 걸음 하나를 옮기기 위해 내공을 끌어내야 할 정도였다.

이성민은 아랫입술을 뿌득 씹었다.

이성민은 '무거움'에 대한 금제를 받았다. 그것은 직관적인 금제였다. 이 금제를 받는 동안, 이성민의 몸은 무거워진다. 몸뿐만이 아니다. 모든 것이 이성민에게는 더 무겁게 느껴질 것이다.

'미각도…….'

입안에 위화감은 없다. 이성민은 아공간 포켓을 꺼냈다. 아공간 포켓조차 무겁다. 그 안에서 꺼낸 빵도…… 묵직한 돌덩이를 들어 올린 것처럼 무거웠다. 이성민은 빵을 노려보다가 입을 크게 벌렸다.

퍼석.

돌덩이를 씹는 것 같았다. 아니, 이건 돌덩이라기보다는…… 이성민의 얼굴이 일그러졌다.

미각에 대한 금제는 미각을 잃는 것이 아니었다. 입안에 들어오는 모든 음식에 대한 '맛'이 변하는 것이었다.

식감은 진흙을 씹는 것 같았고 혀 위에 올라온 빵의 부스러기는 벌레가 꿈틀거리는 것처럼 느껴졌다. 씹는 것을 반복할수록 '맛'의 끔찍함은 더해졌다.

"우웨엑!"

결국 이성민은 빵을 목으로 넘기지 못했다.

전생에서 용병 일을 하면서 먹는 것에 대한 비위는 어느 정도 쌓아왔다고 자부하였으나, 금제를 통해 바뀌는 맛의 끔찍함은 맨정신으로 받아넘길 수 있는 것이 아니었다.

이성민은 씹던 빵을 토해내면서 그 자리에서 몇 번이나 헛구역질을 했다.

"헉…… 허억……!"

한참을 토악질을 하던 이성민은 무거운 아공간 포켓의 안을 뒤져 물통을 꺼냈다. 아직 입안에 잔류한 역겨움을 씻어내기 위해 급히 물을 들이부은 순간.

"커으웩!"

음식뿐만이 아니었다. 물의 맛도…… 변했다. 구정물을 입
안에 부은 것 같다.

이성민은 헐떡거리면서 이를 악물었다. 미각과 무게. 그리
가혹하지 않을 것이라고 생각했다. 둘 중 무엇이 더 가혹하
냐를 따진다면 두말할 것 없이 무게 쪽이라고 생각했다.

아니었다. 이성민이 받게 된 최악의 금제는, '미각'에 대한
금제였다.

그만두고 싶었다. 굳이 이럴 필요가 있는가 싶었다. 그냥
베헨게르로 간다면 못해도 D급 용병이 될 수 있을 것이다. 거
기서 의뢰 몇 번을 수행한다면 C급 용병이 될 테고, 아무리 재
능이 일천하다고 하여도 성장 보정을 받은 이상 무공은 성장
한다. 즉, 일류의 경지까지는 이미 보장되어 있다는 말이다.

일류고수가 된다면 B급 용병이 될 수 있다. 그것만 하여도
전생보다는 나은 삶이 된다.

전생에서 놓쳤던 기회?

그게 대체 뭐냐. 이미 이성민은 전생의 경지를 뛰어넘었고,
전생보다 나은 삶을 살기 위한 발판을 얻었다. 큰 욕심을 부
리지 않고…… 그냥 살면 된다. 흐르는 대로.

목적?

행복하게 사는 것. 그 정도면 훌륭한 목적 아닌가.

용병 짓을 하면서 돈을 모으고, 죽고 싶지는 않으니 너무 위험한 의뢰는 피하고. 그러다가 적당한 여자를 만나서 결혼하고, 자식을 낳고, 그렇게 늙어 죽는다면.

완벽한 삶 아닌가.

평범하다면 평범하겠지만 이 세계에서 노 클래스가 평범한 삶을 누리는 것은 굉장히 힘들다. 그래…… 그렇게 살다가 죽는 것도 행복할 것이다.

욕심을 부리지 않으면 된다. 그냥 이대로 돌아가면 된다.

베헨게르로 가라. 굳이 이런 시련과 고행을 겪을 필요는 없다. 앞으로 겪을 식사는 지옥 같을 것이다.

몸은 무거울 것이고 무공도 제대로 펼치지 못하겠지.

그렇게 살아간다고 해서 므쉬가 어떤 보상을 해주는 것인지도 알지 못한다. 허송세월할지도 모른다. 어쩌면 스스로 재능이 없다는 것을 절감하여 절망하고 자살할지도 모른다.

그만두자.

생각이 그곳에 도달했을 때, 이성민은 위지호연의 얼굴을 보았다.

그의 첫 번째 스승이자, 유일한 친구라고 할 수 있을 그녀를. 10년 뒤에 루베스에서 다시 만나자고 약속했던 소천마 위지호연을.

이성민은 아공간 포켓에서 빵을 꺼냈다. 그는 눈을 질끈 감고서 입안에 빵을 밀어 넣었다.

이성민의 '몸'은 빵의 끔찍한 맛을 이미 기억해 버렸다. 입안에 빵을 넣은 순간 속에서 거부했다. 위장이 뒤집히고 토악질이 끓는다.

이성민은 빵을 씹었다. 억지로, 계속. 입안에서 꿈틀거리고 혀 위에서 춤을 추는 구더기들을 으적으적 씹었다.

미각의 변화는 식감을 완전히 바꾸었다. 구더기들은 터져 체액을 뿜었고 체액은 입안을 긁었다.

이성민의 뺨이 크게 부풀었다. 그는 덜덜 떨면서 물통을 들어 물을 입안에 부었다. 물은…… 뜨거웠다. 이성민의 입안에 들어온 순간 펄펄 끓는 뜨거운 물이 되었다. 이성민은 억지로 물을 꿀꺽꿀꺽 삼켰다.

"허억! 허억!"

화상을 입었을 것이라 생각했다. 입안이 화끈거리고 쓰렸다. 하지만 손으로 입안을 더듬어 보았을 때 화상의 흔적은 없었다. 어디까지나 이성민이 그렇게 느끼고 있을 뿐이다.

"빌어먹을…… 므쉬……."

비록 이성민 스스로가 바란 금제이기는 했지만. 이성민은 미각에 대한 금제를 이렇게까지 끔찍하게 적용한 므쉬에 대해 욕설을 퍼부었다.

[무례한 인간.]

므쉬가 이성민의 귓가에 소곤거렸다. 아무래도 이 산의 신은 생각보다 귀가 밝은 모양이었다.

므쉬.

고행과 시련을 관장하는 신.

시련과 고행 끝에서 무언가 얻기를 바라는 자, 므쉬의 산으로 가라.

가혹하기 짝이 없는 금제를 바라는 것은 전적으로 수행자의 자유다. 누군가는 금제를 받지 않고 산으로 들어오기도 하고, 누군가는 스스로 금제를 요구한다.

하지만 결과적으로는 똑같다.

금제를 받든지 받지 않든지, 결국 므쉬는 수행자에게 시련을 내리고 수행자는 그 시련 속에서 고행한다.

끝은 셋이다.

고행을 포기하고 산에서 나가든가, 고행을 이겨내고 그에 대한 보상을 받든가, 고행을 이겨내지 못하고 죽든가.

하루하루가 지옥이다.

이성민은 눈을 떴다. 일으키는 몸이 무겁다. 잠은 충분히 잤을 터인데…… 정신 자체가 무겁다. 그것은 지독한 무기력증을 만들어냈다. 이성민이 금제한 '무거움'은 정신에까지 작용하고 있었다.

"씨발."

욕이 늘어나는 기분이다. 욕이라도 하지 않으면 속이 풀리지 않을 정도로 이성민의 기분은 최악이었다.

'시련'이라고 하기에, 이성민은 므쉬가 직접 시련을 내릴 것이라고 생각하였다. 하지만 아니었다. 아사 직전의 시체처럼 말라 비틀어졌던 므쉬의 사제가 말하지 않았던가. 아무것도 제공하지 않는다고. 먹을 것, 마실 것, 심지어 자는 것까지.

그렇다. 이 산에서 생존하는 것 자체가 '시련'이라고 할 만했다.

산은…… 가혹했다.

밤에는 너무 춥고 낮에는 너무 덥다. 잭에게서 온도 유지 마법이 걸린 망토를 받기는 하였지만, 산의 추위와 더위는 망토에 걸린 조악한 마법 따위로는 버틸 수 있는 것이 아니었다.

이성민은 얼굴을 잔뜩 일그러뜨리고서 아공간 포켓을 열었다. 빵과 물은 아직 충분히 남아 있다. 하지만 언제까지고 이것에 기댈 수는 없다.

이성민은 이 산에서 적어도 2년은 버틸 생각이었다. 금제를 받아 시련을 통해 고행한다. 그것이 길어질수록 므쉬가 내리는 보상은 커진다.

전생에서 므쉬의 산에 대한 이야기는 많이 들었다. 하지만 직접 가지는 않았다. 그렇게 할 필요가 없다고 보았기 때문이다. 당시의 이성민은 용병 일로 살아가는 것만으로도 벅찼고, 그렇게 살아가는 것 자체가 고행이라고 할 만했다.

이성민이 이번 생에서 므쉬의 산에 들어온 이유는 간단했다. 당장 베헨게르로 가 봤자 할 일이 없었고, 수련을 할 장소가 마땅치 않았다.

사실 수행 장소가 필요했다면 제나비스에서 쭉 머물렀으면 될 일이지만, 잭의 여관에서 2년 동안 무공을 수련해 봤자 무언가를 얻을 수 있을 것이란 기대가 적었다.

이것은 일종의 도박이다. 므쉬의 산에서 무엇을 얻을 수 있을지는 모른다. 전생의 기억에서도 그에 대한 소문은 없었다. 므쉬의 산에 들어간 자들은 있어도, 나온 자에 대한 소문은 기억이 안 난다.

'나한테 달렸어.'

이성민이 기억하여 노리고 있는 기회들과는 다르다. 므쉬의 산은, 기회를 찾아가는 것이 아니다. 시련과 고행을 이겨 내야 기회를 얻을 수 있다.

이성민은 빵을 잡았다. 죽는 것이 나을 것이라 느껴질 정도의 끔찍한 식사였다.

무거워진 몸을 이끌고 창법을 수행한다. 위지호연이 강조했던 기본기인 란나찰을 시작으로 하여 구천무극창의 초식까지.

몸이 무겁고 창이 무겁다. 그 무거움을 버텨내기 위해 근력에 힘이 들어가고 내공을 쓰게 된다. 그러다 보니 금세 지친다.

'힘들어.'

이성민은 숨을 몰아쉬었다. 금제를 잘못 선택하였나, 생각하였지만 이제 와서 생각하기에는 너무 늦었다.

일주일이 지났다.

식사는 여전히 익숙해지지 않았다. 일주일이나 지났으면 역겨움도 익숙해질 것이라 생각했는데 안일하기 짝이 없는 바람이었다.

"개 같은 므쉬."

'맛없다'라는 것의 종류가 이렇게 다양할 것이라는 생각은 해본 적이 없다. 여전히 이성민은 음식을 먹을 때마다 토악질을 하였고, 물을 마실 때도 다르지 않았다.

'영양분이 부족해.'

산에 들어와서 빵과 물만 처먹고 있으니 당연한 일이었다. 슬슬 빵과 물도 떨어져 간다. 사냥을 해야 했다. 이성민은 무거운 몸을 이끌고 사냥에 나섰다.

실패했다.

몸이 무거워서가 아니었다. 생존 자체가 시련이라는 것에 걸맞게 이 산에서 살아가는 짐승들은 빠르고 강했다. 이틀을 연달아 실패했을 때.

툭.

자그마한 돌멩이 하나가 이성민의 곁으로 떨어졌다. 바닥에 주저앉아 숨을 몰아쉬고 있던 이성민은 돌이 날아온 방향을 돌아보았다.

새하얀 백발의 여자가 이성민을 보고 있었다.

그녀는 오른손을 들어 올려 한 번 흔들더니, 천천히 이성민에게 다가왔다.

이성민은 곁에 내려놓은 창을 힐긋 본 뒤에 맨손으로 일어섰다.

므쉬의 산에서 수행자들은 서로를 해할 수가 없다. 그것은 므쉬가 정한 절대적인 규칙 중 하나였다.

다가온 여자가 이성민을 향해 입술을 뻐끔거렸다. 하지만 목소리는 들리지 않는다. 이성민은 머리를 갸웃거렸고, 여자는 한숨을 내쉬었다.

그녀는 허리춤에 메고 있던 길쭉한 나뭇가지를 빼 들었다.

보기 안쓰러워서 도와주러 왔다.

여자가 바닥에 글씨를 썼다. 처음 보는 형태의 글씨였지만 이성민은 그 뜻을 이해했다.

에리아 공용 문자다. 모든 이계인은 소환됨과 동시에 에리아 공용어와 공용 문자를 자연스럽게 깨친다.

"……말을 못 하는 건가요?"

목소리. 그것이 내게 걸린 금제.

여자가 빠르게 글을 덧붙였다.

며칠 동안 보고 있었는데, 이대로 가다가는 너는 죽어.

"……내가 죽는다고요?"

균형이 맞지 않는 식사. 네 몸은 무겁다. 그것이 네 금제?

"……예."

잘못된 식사로 몸이 약해졌다. 몸까지 무겁다. 사냥은 계속해서 실패할 것이고, 결국 너는 죽는다.

"그래서 나를 도와주고 싶다는 겁니까?"

그래.

여자는 그렇게 말하고서 나뭇가지를 내려놓았다. 그는 뒤
통수를 벅벅 긁더니 주변을 쓱 둘러보았다. 그리고 여자의 몸
이 사라졌다. 이성민은 흠칫 놀라 여자의 모습을 찾아 머리를
돌렸다.

퍼억!

무언가가 터지는 소리가 났다.

이성민이 며칠 동안 매달려도 잡지 못했던 사슴이 머리가
깨진 모습으로 바닥에 쓰러져 있었다. 여자는 손을 툭툭 털더
니 사슴의 몸을 들어 올렸다.

'고수……!'

이성민의 얼굴이 하얗게 질렸다. 이성민에게 다가온 여자
는 들고 있던 사슴의 사체를 내려놓았다.

"……나한테 뭘 바라는 겁니까?"

이성민이 질문했다. 그 말에 여자가 머리를 갸웃거렸다.

"뭔가 바라는 것이 있어서 나를 도와주는 것 아닙니까?"

이성민이 다시 말했다. 그 말에 여자는 눈을 깜박거리더니
웃었다. 웃는다고 해봐야 표정만 그런 것이고, 목소리는 나오
지 않았다. '목소리' 자체가 금제되었기 때문이다.

바라는 것은 없다.

여자가 나뭇가지를 들더니 바닥에 글을 썼다.

네가 곤란한 듯하여 도와주었을 뿐. 그것이 전부다. 나한테는 그리 어려운 일도 아니니까.

"……그냥 호의로 도와준 것이라고요?"

호의? 호의가 아니라 선의(善意)지. 나는 착해.

여자가 그렇게 글을 쓰고서 방긋 웃었다.

은혜라고 생각할 것은 없어. 짐승을 잡는 것은 나한테는 쉬워. 나는 빠르니까.

그 정도가 아니다.

현재 이성민은 일류의 경지를 넘보고 있었다. 그런 이성민이 여자의 움직임을 좇지도 못했다.

사슴은…… 저 멀리 있었다. 순식간에 저곳까지 이동하여 사슴을 때려죽였다. 그것은 여자가 대단한 경공 고수라는 것을 뜻하고 있었다.

　나는 이 근처에 산다. 너도 자주 본다. 이웃이 죽는다면 꿈자리가 사나워. 그러니까 도와준다.

　"……앞으로도?"

　필요하다면, 이 정도의 일은. 하지만 앞으로는 너 스스로 할 수 있도록 노력해.

　여자가 충고했다. 이성민은 떨떠름한 얼굴을 하고서 머리를 끄덕거렸다.
　호의가 아닌 선의. 단순히 '착한 사람'이라서 도움을 베풀었다. 그것은 이성민에게 있어서는 굉장히 낯선 느낌이었다.
　"……당신의 이름은 뭡니까?"

　백소고.

　여자가 바닥에 자신의 이름을 적었다. 그 이름을 본 이성민의 얼굴이 하얗게 질렸다. 알고 있는 이름이었다.
　묵섬광(默閃光) 백소고.

이성민이 살았던 13년간의 전생에서 이름을 떨쳤던 무인이다. 하지만 이성민이 죽었을 시점에서 백소고는 살아 있지 않았다.

지금으로부터 8년 뒤, 백소고는 죽는다. 소천마 위지호연에 의해.

백소고와의 만나고서 3주일이 흘렀다. 이성민이 므쉬의 산에 들어오고서 딱 한 달이 된 시점이었다.

이성민은 이 산에서 살아가는 수행자들에게 관심을 갖게 되었다.

백소고는 스스로 '선인'이라고 말한 것처럼 이성민이 곤란을 겪을 때에는 귀신처럼 나타나서 이성민에게 도움을 주었다.

그 기기묘묘한 경신법은 묵섬광이라는 별호 그 자체였다.

네 금제는 안 좋군.

백소고가 나뭇가지를 들어 바닥에 글자를 적었다.

고행은 힘들어. 먹는 낙까지 빼앗다니, 최악의 금제야.

"당신의 금제는 참 편해 보이네요."

그렇지도 않아. 익숙해지기는 했지만 글자를 쓰는 것은 여전히 귀찮아.

백소고가 질색이라는 표정을 지었다. 아무리 그렇다고 하여도 이성민이 받고 있는 미각과 무거움에 대한 금제보다는 나을 것이다.

아직 사냥은 어려운가?

"몸이 너무 무거워서……."

네 경공법의 수준은 낮아. 내공은 꽤 있는 듯하지만…… 창법에 매진하는 것보다는 경공과 보법도 신경 쓰는 것이 어떤가?

백소고가 조언해 주었다. 그에 대해서는 이성민도 생각해 두고 있었다. 이성민은 머리를 끄덕거리고서 물었다.
"이 산에는 저랑 백소고 님 말고 다른 수행자는 없는 겁니까?"

그럴 리가.

백소고가 머리를 흔들었다.

어지간한 놈들은 들어왔다가 며칠 못 버티고 금방 나가지만 반
년 이상 버틴 녀석들은 있어. 나도 이제 반년째고.

백소고가 글을 적었다.

제일 긴 녀석은 1년째 버티고 있어. 알고 있나? 버티는 것이 길
어질수록 금제는 더해져. 나도 반년이 되었을 때 하나의 금제가
추가되었지.

"……왼팔입니까?"
이성민은 백소고의 왼팔을 힐긋 보았다.
이성민이 백소고를 알고 지낸 지 3주일. 그동안 백소고가
왼팔을 사용하는 것은 단 한 번도 보지 못했다.

맞아. 왼팔에 감각이 없어. 아예 힘이 안 들어가.

백소고가 쓰게 웃었다.

장기적으로 보았을 때 좋은 금제는 아니지. 이대로 가다가는 오
른팔만 발달해서 양팔의 균형이 맞지 않게 돼.

"……다른 사람들은?"

그들도 각각 복수의 금제를 받고 있어. 사실, 너처럼 처음부터 두 개나 되는 금제를 받는 경우는 거의 없어. 그만큼 힘드니까. 하지만 나중에는 얻는 것이 크겠지.

백소고가 글자를 쓰고 발로 지우는 것을 반복했다.

다른 수행자에게 관심이 있나?

"뭐…… 그렇죠."

그렇다면 소개해 주지.

백소고가 머리를 끄덕거리며 글을 적었다.
쇠뿔도 단김에 빼라고 했다. 백소고는 나뭇가지를 허리춤에 꽂아 넣고 휘적거리며 걷기 시작했다.
이성민은 무거운 몸을 이끌고서 백소고를 따라가다가 물었다.
"경공법 하나 알려주면 안 됩니까?"
그 말에 백소고가 머리를 돌렸다. 그녀는 어이가 없다는 표정을 짓더니 바닥에 빠르게 글을 적었다.

 내가 아무리 착한 사람이어도, 내 밥줄까지 넘겨줄 수는 없어.

 역시나.

 이성민은 아쉬움에 쩝 하고 입맛을 다셨다. 한번 찔러본 것이긴 했지만 그래도 아쉬웠다.

 에리아에 살아가는 이계인 중에서 자신의 이름을 전역에 떨치는 이는 그리 많지 않다.

 한 지역이라면 몰라도 전역에 이름을 떨칠 정도라면 대단한 실력을 가진 고수이면서, 동시에 '소문'을 만들어낼 정도의 행보를 해왔다는 증거이기 때문이다.

 '묵섬광' 백소고는 그 둘 모두에 해당되는 고수였다.

 이름과 별호에서 알 수 있듯이 그녀는 무림 출신이다. 그녀의 출신지인 무림이 정확히 어디인지는 모르지만, 백소고는 다른 이계인이 그러하듯이 혜성처럼 등장하여 갑자기 이름을 떨치기 시작했다.

 묵섬광 백소고에 대해 이성민이 들었던 것은 그가 용병 일을 막 시작했을 때였다. 즉, 아무리 늦어도 백소고는 앞으로 2년 뒤에는 므쉬의 산을 떠나 세상으로 나간다는 뜻이다.

 '하지만 죽어.'

이성민은 그것을 잘 알고 있었다. 백소고의 죽음은 예지되어 있다. 그것은 절대적이라고 해도 좋다.

이성민의 전생에서 묵섬광 백소고는 죽었다. 다름 아닌 소천마 위지호연이 묵섬광 백소고를 죽인다. 앞으로 8년 뒤에.

이성민은 앞쪽에서 걷고 있는 백소고를 보았다. 지금의 이성민은 '무거움'에 대한 금제를 받고 있다. 한 걸음, 한 걸음 옮기는 것이 쉬운 일이 아니다.

백소고가 장기로 삼은 것은 '빠름'이다. 전생에서도 그랬다. 묵섬광이라는 별호는 백소고가 정말로 섬광처럼 빠르기 때문에 붙었던 별호다.

이성민이 백소고를 알고 지낸 근 3주일 동안 이성민은 백소고가 얼마나 빠른지 잘 보았다.

무거움에 대한 금제 덕분에 사냥조차 제대로 하지 못하던 이성민과는 다르게 백소고는 산에서 살아가는 날렵한 짐승들을 너무나도 쉽게 잡았다.

그런 백소고의 움직임은 이성민은 제대로 좇을 수도 없었다.

너무 느리군.

백소고가 발을 멈추었다. 그녀는 나뭇가지를 빼다가 땅 위에 글자를 적었다.

업어줄까?

"……예?"

봤으면서 되묻기는. 네가 너무 느리니, 내가 그냥 업겠다는 거야.

백소고가 다시 글을 적었다. 이성민은 잠깐 머뭇거렸다. 아무리 그래도 여자인 백소고의 등에 업히는 것이 모양새가 조금 안 좋게 느껴졌기 때문이다. 하지만 그런 알량한 자존심을 챙길 때도 아니었기에 이성민은 결국 머리를 끄덕거렸다.

백소고가 이성민을 등에 업었다. 이성민은 양손으로 백소고의 어깨를 단단히 붙잡았다.

선인.

착한 사람.

자칭하기에는 조금 우스운 말이지만, 이성민이 보는 백소고도 선인이라 하기에 충분했다.

그녀는 3주일 동안 이성민을 위해 대신 사냥을 해주었다. 고기만 먹는 것은 몸에 좋지 않다면서 먹을 수 있는 나물 따위를 가져다주기도 하였고, 물을 구할 수 있는 곳도 알려주었다.

그러면서도 보답을 바라지 않는다. 백소고는…… 위지호연과 비슷하면서 조금은 달랐다. 엄밀히 말하자면 위지호연이 이성민에게 베풀었던 호의는 둘이 '친구'라는 관계로 얽혀 있기에 베푼 것이었다.

그렇다면 백소고는? 이성민과 백소고는 친구인가?

'모르겠어.'

친구라는 것이 둘 중 누구 하나가 선언하면서부터 시작되는 것은 아니라고 생각한다. 사실 이성민은 친구의 경계라는 것이 정확히 어떤 것인지 모른다. 전생에서도 친구가 없었는데 그걸 어찌 알겠는가.

친구인가, 아닌가를 떠나서 백소고의 선의는 고맙다.

한 달. 고작해야 한 달이지만, 이 산에서의 한 달은 전생의 13년을 통틀어서도 제일이라 꼽을 수 있을 정도로 끔찍했다. 백소고의 선의가 없었더라면 버티지 못했을지도 모른다.

'그런데…… 죽어.'

다른 사람이 죽이는 것도 아니다. 소천마 위지호연. 이성민이 이번 삶에서 얻은 첫 번째 친구. 그 위지호연이 백소고를 죽인다.

왜? 대체 왜?

생각해 본다.

백소고가 왜 죽는가.

백소고를 죽인 사람은 위지호연이다. 그것은 오해 따위가 아니다. 소천마 위지호연의 이름을 에리아 전역에 떨치게 된

계기가 바로 백소고를 죽이면서부터였기 때문이다.

'아니, 백소고뿐만이 아니야.'

그 '사건'은 기억하고 있다. 이성민과는 전혀 인연이 없는 일이겠지만, 그 사건 자체는 당시 하급 용병이었던 이성민조차 가슴을 떨게 할 정도로 에리아를 통째로 뒤흔들었다.

던전.

그것은 에리아 각지에 존재하고 있다. 던전은 온갖 종류의 마법이 얽혀 있는 곳이다. 던전 속의 몬스터들은 죽여도 일정 시간이 지난다면 다시 '만들어지고', 던전의 몬스터는 다른 일반적인 몬스터와는 다르게 사체를 통해 전리품을 획득할 수는 없다.

대신 던전의 몬스터들은 사체가 아닌 다른 전리품을 내려놓는다. 영약, 무공 비급이나 마법 서적, 포션, 혹은 강력한 마법이 걸려 있는 아티팩트나 뛰어난 무기와 방어구 등이 던전의 몬스터들에게서 얻을 수 있는 전리품이다.

그리고 그 던전의 끝에는 그보다 더한 보상이 기다리고 있다. 마지막 보상을 얻게 된다면 던전에 걸린 마법이 사라지면서 던전 자체가 소멸한다.

8년 후, 에리아에 한 던전이 공개된다. 묵섬광 백소고뿐만이 아니라, 그 시기에 에리아에 이름을 떨치고 있는 많은 거인이 그 던전의 보상을 얻기 위해 들어간다. 하지만 최후에 던전에서 살아 나오는 것은 위지호연뿐이다.

위지호연이 그 던전에서 무엇을 얻었는지는 모른다. 위지호연 본인이 그에 대해서는 말하지 않았기 때문이다.

하지만, 보상에 대해서는 침묵하였어도 위지호연은 다른 것에 대해서는 입을 열었었다.

'던전에 들어갔던 이들은 모두 자신이 죽였노라'고.

백소고의 걸음이 멈추었다. 이성민의 '무거움'은 이성민 본인만이 느끼고 있는 것이고, 백소고에게는 적용되지 않는다.

아무리 그렇다고 해도 산길을 꽤 오래 달렸는데도 백소고의 호흡은 조금도 흐트러지지 않았다.

백소고가 등에 업고 있던 이성민의 엉덩이를 툭툭 두드렸다. 이성민은 생각을 멈추고서 땅으로 내려왔다. 바닥에 발이 닿으니 몸의 무거움에 무릎이 살짝 굽혀졌다.

"걘 또 뭐야?"

날카로운 목소리가 다가왔다.

쉭!

눈앞에서 한 여자가 모습을 드러냈다.

"윽……!"

여자가 등장함과 동시에 강렬한 악취가 이성민의 코를 찌른다. 이성민은 코를 일그러뜨리면서 코끝을 부여잡았다. 백소고조차도 몇 걸음 뒤로 물러섰다.

"무례하기 짝이 없는 것들!"

여자가 내뱉었다. 그녀의 몰골은 가관이었다. 긴 머리카락은 떡 지고 지저분하게 엉켰을 뿐만이 아니라 흙먼지를 비롯한 다양한 지저분함이 묻어 본래의 색을 알아볼 수가 없었다.

머리카락뿐만이 아니다. 얼굴도 땟국물이 좔좔 흐른다. 걸친 옷은 로브처럼 보였지만 누더기나 넝마라 부르는 것이 차라리 어울렸다.

'뭐 이리 더러워……?'

"백소고, 이 빌어먹을 벙어리년아. 저 꼬마는 뭐냐니까?"

여자가 입을 벌릴 때마다 시궁창 같은 악취가 풍겨온다. 깨끗하게 씻고 차림을 멀쩡히 한다면 상당한 미인일 것 같은데, 전신에서 악취를 내뿜고 몰골이 저따위니 미인다운 아름다움은 조금도 느껴지지 않았다.

그러니까…….

백소고가 나뭇가지를 빼 들었다.

우선 소개를 해야겠군. 저 더러운 아가씨의 이름은 스칼렛. 마법사다. 이 소년의 이름은 이성민.

"이성민? 무림인이야?"

아마도.

백소고가 글자를 적어 대답했다.

마법사라니. 수행자라고 하기에 당연히 무림인일 것이라고 생각했는데 설마 마법사도 있을 줄이야.

"……이성민이라고 합니다."

"스칼렛. 미리 말해두는데 내가 받은 금제는 '씻지 않는 것'이야. 목욕은 고사하고 양치질도 못 해. 그래서 이런 몰골이지."

스칼렛이 내뱉었다. 그녀는 눈가를 벅벅 문질러 달라붙은 눈곱을 떼어냈다.

"최근에는 '갈아입지 말 것'의 금제도 받았고. 그러니까, 알겠어? 내 몸에서 냄새가 나는 것은 금제 때문에 어쩔 수가 없는 거야."

"아…… 알겠습니다."

스칼렛이 쏘아붙이는 말에 이성민은 머리를 끄덕거렸다. 뭐라고 더 말을 하고 싶었어도 스칼렛에게서 풍기는 악취 때문에 더 묻는 것이 두려웠다.

"그래서, 벙어리 새끼야. 여기는 왜 온 거야?"

이 소년이 다른 수행자들에 대해 궁금해하더군.

"하! 이상한 걸 궁금해하네. 왜? 다른 사람들이 어떤 금제를 받고 있는가 궁금했던 거야?"

스칼렛이 이성민을 홱 하고 돌아보았다. 그녀가 머리를 돌릴 때마다 하늘에서 눈이 내렸다. 스칼렛의 머리카락에서 날리는 비듬이었다.

"아니…… 그건 아닙니다. 그냥, 같은 처지니까 알아나 두고 싶어서……."

"같은 처지? 이 꼬맹이 말하는 것 좀 봐. 야! 난 여기서 벌써 반년 넘게 살고 있거든? 어디서 맞먹으려고 들어?"

스칼렛이 주먹을 들어 올리더니 이성민의 머리를 쥐어박았다.

콩!

그리 아프지는 않았지만 더러운 주먹이 정수리에 닿는다는 것이 불쾌했다.

너무 그렇게 말하지는 마. 이 소년이 산에 들어온 것은 한 달밖에 되지 않았지만, 그래도 이 소년은 두 개의 금제를 받았다.

백소고가 글자를 적었다. 그것을 본 스칼렛이 놀란 표정을 지었다.

"……금제를 두 개나 받아? 이거 완전 미친 또라이 새끼 아냐? 왜 그런 미친 짓을 한 거야?"

"어…… 그래야 도움이 될 것 같아서요."

"도움? 미친 새끼!"

스칼렛이 깔깔거리며 웃음을 터뜨렸다.

"꼬마야, 이 산에서 반년 넘게 버티고 있는 수행자는 나랑 저 벙어리년을 포함해서 넷이야. 그중에서 처음부터 금제를 두 개나 건 미친놈은 저 벙어리년뿐이었지."

"……예?"

이성민이 놀란 표정을 하고서 백소고를 돌아보았다. 백소고는 대수롭지 않다는 얼굴을 하고서 바닥에 글자를 적었다.

목소리와 전음. 이 두 개가 내가 받은 금제다.

어쩐지. 절정의 수준은 넘었을 백소고가 전음을 안 쓰는 것이 이상하다 싶었는데.

"그런데 저 벙어리 새끼 같은 미친놈이 하나 더 들어왔네. 네가 얼마나 버틸지는 모르겠지만."

스칼렛은 그렇게 말하고서 확 하고 몸을 돌렸다. 그녀는 더 이상 할 말이 없는 모양이었다.

"스칼렛 님은 무슨 수행을 하고 있는 겁니까?"

너는 무엇을 위해 이 산에 왔지?

이성민의 질문에, 백소고가 질문을 되돌려 주었다.
"……무공의 성취를 얻기 위해서요."

그렇지. 이 산에 들어온 자들은 시련과 고행의 끝에 무언가를 얻기 위해 버티고 있는 거야. 나도 무공의 성취를 바라고 있고, 스칼렛은 마법의 성취를 바라고 있지.

백소고가 다시 이성민을 업었다. 백소고에게 업혀 이동하면서 이성민은 스칼렛이라는 이름에 대해 기억해 보았다.
'아.'
떠올랐다.
스칼렛 레시르. 전생의 이성민이 죽을 때까지 살아 있었으며 그녀 자신의 이름을 내건 '레시르 학파'를 창립한 대마법사.
'뭐 이래?'
백소고도 그렇고, 스칼렛도 그렇고 반년 이상 이 산에서 버틴 자들은 모두가 에리아에 이름을 떨친 거물들이었다.
"백소고, 너구나."

스칼렛 다음으로 만난 것은 노인이었다. 그는 등을 돌리고 있었고, 까마득한 절벽의 끝에 서 있었다.

"너 말고 다른 이도 있는 것 같은데. 그 아이는 누구냐. 설마 너처럼 말을 하지 못하는 것은 아니겠지?"

노인이 몸을 돌렸다. 이성민의 입이 반쯤 벌어졌다. 노인의 얼굴은 상처투성이였다. 얼굴뿐만이 아니다. 보이는 모든 피부에 상처가 얽혀 있다.

저 노인장의 금제는 '시력'이야.

앞을 보지 못하는 노인. 그는 뒷짐을 진 자세 그대로 뚜벅뚜벅 앞으로 걸었다. 눈이 보이지 않을 텐데, 그는 이성민과 백소고를 향해 똑바로 걸어왔다.

그러니 네가 내 말을 전해줘야 해. 아. 저 노인장의 이름은 독비준이야.

독비준. 독비준?
'검귀(劍鬼)!'
이성민이 비명을 삼켰다. 또 다른 거물의 등장이었다.

2장
천재

검귀 독비준.

묵섬광 백소고와 마찬가지로 에리아 전역에 이름을 떨친 무림인이다.

독비준을 만나기 전에 만났던 스칼렛은 레시르 학파의 창시자인 대마법사였고, 이번에는 검귀 독비준이라니?

'뭔 거물이 이렇게 많아……?'

아니, 어쩌면 지금 이 시점에서 이들은 아직 '거물'이라 불릴 정도는 아닐지도 모른다. 저들이 본격적으로 이름을 날리게 된 시기를 보면 이 산에서 나간 후부터니까.

즉, 검귀 독비준도, 묵섬광 백소고도, 대마법사 스칼렛 레시르도 므쉬의 산에서 수행을 마치고서 거물이 되었다는 말이다.

"넌 누구냐?"

독비준이 이성민을 바라보면서 물었다. 시력의 금제를 당한 독비준은 앞을 보지 못한다.

이성민은 백소고를 힐긋 보았다. 백소고는 나뭇가지를 들어 바닥에 글자를 적었다.

자기소개해. 너무 무서워할 필요는 없어. 노인장 인상이 험악하기는 하지만 나쁜 사람은 아니야.

"……이성민이라고 합니다."

이성민이 엉거주춤한 자세로 머리를 꾸벅 숙였다. 눈이 보이지 않는 독비준은 이성민 쪽을 물끄러미 보더니 손을 뻗었다. 놀란 이성민이 물러서기도 전에 독비준의 손이 이성민의 어깨를 잡았다. 그는 손을 꼼질거리면서 이성민의 어깨와 양팔을 주물렀다.

"검은 쓰지 않는 모양이구나."

"예?"

"근육의 형태를 보니 창인가. 창…… 좋은 무기지. 나이가 몇이냐? 목소리도 그렇고, 꽤 어려 보이는데."

"어…… 열다섯입니다."

이성민이 대답했다. 독비준은 머리를 끄덕거리더니 허리에

차고 있던 검을 툭 건드렸다.

"비무를 한번 해볼 테냐?"

"예?"

"아, 걱정하지 마라. 수행자는 서로에게 해를 가할 수 없으니. 너를 다치게 할 생각은 없다. 비록 내가 맹인이라고 해도 말이야."

그 말에 이성민은 조금 주저하는 표정을 지으며 백소고를 힐긋 보았다. 백소고는 별다른 반응을 보이지 않고 있었다. 말릴 생각도 없어 보였고 그렇다고 해보라고 권하지도 않았다.

"……아직 제 실력이 부족해서."

"그래? 아쉽군."

독비준은 진심으로 아쉽다는 얼굴이었다. 검귀라고 불리며 이름을 날렸던 무림인이면서. 아니, 이 시점에서의 독비준은 아직 검귀라 불리지 않았던가?

'그리고 독비준도…….'

죽는다.

백소고와 똑같다. 위지호연과 같은 던전에 들어가서 살아 나오지 못한다.

8년 뒤에 죽을 사람을 미리 만나고 있으니 기분이 굉장히 이상했다.

돌아가자.

백소고가 글자를 적었다. 그 말을 보고서 이성민은 머리를 갸웃거렸다.

"4명이라 하지 않았습니까?"

현재 므쉬의 산에서 반년 동안 머무르고 있는 것은 4명이라고 했다. 백소고, 스칼렛, 독비준. 이성민이 만난 것은 3명뿐이다.

"플람을 찾아갈 생각이라면 그만두어라."

듣고 있던 독고준이 말했다.

"만나주지도 않겠지만. 그래도 찾아가지를 말아. 서로에게 안 좋아."

알겠다고 대답해.

"어…… 알겠습니다."

백소고가 다시 이성민을 등에 업었다. 둘은 독비준의 배웅을 받으면서 절벽을 떠나 이성민의 거처로 돌아왔다. 거처라고 해봐야 한 달 동안 조금씩 만들어 놓은 허름한 집이었다.

플람은 사교성이 없는 녀석이야.

이성민을 내려놓은 백소고가 글을 적었다.

"서로에게 안 좋다는 건 뭡니까?"

플람은…….

백소고가 쓰게 웃으면서 글을 적었다.

대단한 녀석이다. 이 산에서 1년 넘게 살아가고 있고, 강해. 서로 해를 가할 수 없기 때문에 제대로 싸워보지는 못했다. 하지만 싸운다면 내가 진다. 쉽게.

놀라운 말이었다. 지금도 절정의 실력을 넘은 백소고가 싸우게 된다면 자신이 쉽게 질 것이라고 말하고 있는 것이다.

나뿐만이 아니야. 독비준, 그 노인장도 플람과 싸운다면 진다.

"대체 뭐 하는 놈입니까?"

그쯤 되니 경악할 수밖에 없었다. 검귀 독비준의 실력이 어느 정도인지는 정확히 모르겠지만, 풍기는 분위기만 보면 독비준은 대단한 고수처럼 느껴졌다.

애초에 '검귀'라는 이름을 에리아 전역에 날렸다는 것 자체가 고수라는 증거다.

뭐 하는 놈이라고 해야 할까. 백 년에 한 명 태어나는 천재라고
해야 하나.

백소고가 입술을 뻐끔거리며 웃었다. 웃는 소리는 나지 않
았다.

아니면 백만 명 중의 한 명꼴의 천재. 재밌는 이야기를 해주마.
한 번은 내가 플람의 앞에서 경공을 펼쳤었지. 플람은 그것을 바
로 따라 하더군.

망치로 머리를 한 대 얻어맞은 것 같은 기분이었다. 이성민
도 백소고의 경공을 몇 번인가 보기는 하였지만 눈으로 좇는
것도 힘들었다. 그런데 플람이라는 놈은 그것을 한 번 보고서
바로 따라 했단다.

나뿐만이 아니야. 독비준 노인장의 검법도 바로 따라 해. 스칼
렛의 마법도 따라 하고. 이걸 천재가 아니면 뭐라고 하겠나.

무공은 그렇다고 칠 수 있다. 그 안에는 복잡한 진기의 흐

름이 필요하다고는 하나, 무공은 쉽게 말하자면 '몸을 쓰는 방법'이다. 그런데 마법을 따라 한다니. 그런 이야기는 도저히 믿을 수가 없었다.

너에게 충고하는 것이기도 해. 플람과는 만나지 마라.

"……내가 가진 무공을 빼앗길까 봐?"

그런 것도 있기는 해. 네 창법, 굉장히 뛰어난 무공이야. 빼앗긴다면 아쉽겠지. 하지만 그것 때문에 만나지 말라는 것은 아니다.

"그렇다면 왜 만나지 말라는 겁니까?"

절망하게 되거든.

백소고는 그 글을 적고서 잠깐 동안 아무런 글도 적지 않았다. 이성민은 짧게나마 백소고의 얼굴을 스쳐 지나갔던 감정을 놓치지 않았다.

진짜 천재라는 것과 만나게 된다면 대부분의 사람은 절망하게 돼.

공감할 수밖에 없었다.

이성민은 '진짜 천재'라는 부류에 들어가는 인간을 알고 있었다. 소천마 위지호연. 그녀는 전생과 현생을 통틀어 이성민이 보았던 모든 인간 중에서 제일이라 꼽을 수 있을 천재였다.

그러니 만나지 마. 절망하고 싶지 않다면.

"……알겠습니다."

나는 네가 마음에 든다.

백소고가 글을 적었다.

무언가를 맹목적으로 추구하는 사람은 멋지다고 생각해. 특히나 추구하는 과정이 고난과 시련으로 가득하다면 바라는 바를 이루기를 응원하게 되지. 나 역시 그래. 네가 바라는 바를 얻었으면 좋겠다.

"그것은 백소고 님도 똑같지 않습니까?"
이성민이 물었다. 이성민이라고 해서 특별한 것은 아니다. 이성민이 두 개나 되는 금제를 받고 시작한 것처럼, 백소고도 두 개의 금제를 받고 시작했다. 거기에 백소고는 최근에 하나의 금제를 더 받았다.

나는 단련되어 있다.

백소고가 대답했다.

하지만 너는 아니야. 그럼에도 너는 버티고 있지. 여태까지 이 산에서 1년 이상 버텼던 것은 플람뿐이라고 하더군. 왜인지 알아?

"……모르겠습니다."

고행과 시련은 그에 익숙해질수록 더욱 가혹하게 다가와. 금제는 계속해서 추가돼. 그렇기에 버티는 것이 힘든 거야. 괜히 버티다가 이겨내지 못한다면 죽게 되니까.

백소고가 입술을 삐끔거리며 웃었다.

너는 얼마나 버틸지 모르겠지만. 네가 절망하지 않고 버텼으면 좋겠다. 나는 너를 응원해.

"……그렇게 말해주셔서 감사합니다."

한 달 동안 백소고에게 많은 도움을 받았다. 이성민은 그 도움을 받으면서 백소고에게 호의를 느끼고 있었다. 죽지 않았으면 좋겠다고 느낄 정도로.

시련은 익숙해질수록 더욱 가혹하게 다가온다.

그것은 이성민에게는 굉장히 멀게끔 느껴졌다. 그는 여전히 입안에 들어오는 역겨운 맛에 적응하지 못했고, 몸의 무거움에도 적응하지 못하고 있었다.

하지만 제자리걸음을 하고 있는 것은 아니었다.

'성취가 빨라.'

이성민이 므쉬의 산에서 수행을 시작한 지 네 달이 되었다. 자하신공은 3성의 경지에 도달했다. 노 클래스와 하급 무골의 보정이 있다고는 하여도 자하신공 같은 신공절학의 성장은 굉장히 더딘 편이다. 그런데 석 달 만에 2성에서 3성이 되었다.

'이 산…… 확실히 그래. 힘들기는 해도 시련과 고행에 대한 보상은 주어지고 있어.'

어쩌면 이것이 므쉬가 주는 보상인지도 모른다. 자하신공뿐만이 아니었다. 몸의 무거움을 이겨내면서 휘두르는 창은 매섭고 날카롭게 변했다. 무거움을 의식하는데도 이 정도인데, 무거움이 없어진다면 얼마나 빨라질까? 이성민은 그것을 상상할 때마다 가슴이 두근거리는 것을 느꼈다.

나는 강해지고 있다. 목적으로 삼은 위지호연에게 가까워지고 있다.

어쩌면 단순한 자기 위안일지도 모른다. 이성민이 이렇게 강해지고 있을 때, 위지호연이 놀고 있는 것은 아닐 테니까. 어쩌면 위지호연은 이미 까마득한 곳까지 나아갔을지도 모르는 일이다.

하지만 그렇게 생각하고 싶지 않았다.

위지호연을 목적으로 삼았다. 목적의 존재는 이성민을 몰두하게끔 만들어주었다.

매일 아침 눈을 뜬다. 무거운 몸을 이끌고서 밖으로 나가 창을 휘두른다. 기본기인 란나찰에서 시작하여 구천무극창 성민식을 운용하고, 해가 저물기 시작하면 방으로 돌아와 자하신공을 운용한다.

반복적이지만 충실한 하루다. 이렇게까지…… 가혹한 환경에서 스스로를 몰아넣어 단련하는 것은 처음이었다.

자하신공이 성장하듯이 내공도 늘어난다. 기혈에 녹아든 위지호연과 성령단의 내공이 단전으로 들어오고, 이 산의 충만한 자연지기가 호흡과 자하신공을 통해 단전에 쌓인다.

여전히 음식은 맛이 없다. 먹고 싶지 않다. 먹을 때마다 헛구역질을 한다. 진짜로 올라오는 구토감을 삼킨다.

여전히 몸은 무겁다. 걸음 하나하나 옮기는 것에 내공을 사용해야 한다. 창을 휘두를 때마다 근육이 찢어지고 뼈가 으스러지는 것 같다.

그런데도 한다.

해야 한다. 하고 싶었다.

위지호연에게 닿기 위해서, 목적으로 삼은 위지호연과 가까워지기 위해서.

어쩌면…… 넘어서기 위해서.

"안녕."

창을 휘두르던 이성민의 몸이 멈췄다. 소리가 난 방향을 돌아보자 이성민과 비슷한 또래로 보이는 소년이 방긋거리며 웃고 있었다. 소년의 눈을 보았을 때, 이성민은 기묘한 위화감에 압도되었다.

눈동자 안에 수십 수백 개의 별이 떠도는 것 같다. 마주한 순간 눈동자 안의 별들이 폭발한다. 저렇게 영롱하고 찬란한 눈을 보는 것은 처음이었다.

"난 플람이라고 해. 넌 누구야?"

플람.

사실, 전생의 이성민은 '플람'이라는 이름을 들어본 적은 없었다.

검귀 독비준, 묵섬광 백소고, 대마법사 스칼렛 레시르.

이 산에서 반년 이상 살아간 세 명의 이름은 전생에서도 들어보았다. 그런데 정작, 이 산에서 1년 이상 살아왔다는 플람에 대한 이름은 들어본 적이 없다.

독비준과 백소고를 상대로 싸워 쉽게 승리를 거둘 수 있다고 했다. 한 번 본 무공과 마법을 그 즉시 따라 할 수 있다고 했다.

만나는 것만으로도 절망을 느끼게 하는 진짜 천재.

백소고는 그렇게 말했으나 이성민은 플람이라는 이름을 들어본 적이 없다. 그래서 대수롭지 않게 넘겼다.

"……이성민."

이성민은 창을 내려놓고서 대답했다. 설마 플람 쪽에서 자신을 찾아올 것이라고는 생각하지도 못했었다.

플람이 다가온다. 플람은 이성민의 또래로 보였고 키와 체격도 이성민과 비슷했다. 밤하늘을 그대로 때려 박은 듯한 눈동자는 검푸른 색으로 빛난다.

"이성민."

플람이 중얼거렸다.

그는 맨손이었다. 스칼렛처럼 악취가 풍기지도 않았고 독비준처럼 눈이 먼 것도 아니었다. 백소고처럼 왼팔을 쓰지 못하는 것도 아니었고 말을 할 수 없는 것도 아니었다.

"너는 이 산에 들어온 지 얼마나 된 거야?"

플람이 물었다. 이성민은 플람이 어떤 금제를 받은 것인지 궁금했으나 당장은 그것을 묻지는 않았다.

이성민은 플람의 얼굴을 물끄러미 보다가 대답했다.

"이제…… 세 달쯤?"

산에 들어오고부터 매일 밤이 지날 때마다 며칠이 지났는지 적어두고 있다. 이성민이 브쉬의 산에 들어온 지 오늘로 딱 90일이 되었다.

"세 달!"

플람이 호들갑을 떨었다.

"세 달이나 이 산에서 버티다니, 대단해!"

"……넌 일 년 넘게 버텼다면서?"

이성민은 어이가 없어서 그렇게 물었다. 이성민의 말에 플람이 눈을 동그랗게 떴다.

"날 알아?"

플람이 머리를 갸웃거리면서 물었다.

"백소고 님한테 들었어."

"아아, 그 벙어리 누나가 말해줬나 보구나. 그렇다면 내 이름도 알겠네?"

소개할 필요도 없었잖아.

플람이 쿡쿡거리면서 웃었다. 그는 조금 더 이성민에게 가까이 다가왔다.

"인사라도 하러 오지 그랬어? 이 산에는 다 나보다 나이가 많은 사람들만 있어서 또래 친구가 필요했단 말이야."

또래 친구. 그 말에 이성민은 위지호연을 떠올렸고, 머릿속에 떠오른 그녀의 얼굴을 지워냈다.

"그런데 너, 무공을 쓰는 거야?"

플람이 눈을 빛내면서 물었다. 이성민은 떨떠름한 표정을 지으면서 머리를 끄덕거렸다.

솔직히 말하자면 이성민은 플람과의 만남이 그리 달갑지는 않았다. 플람은…… 보는 것만으로도 상대의 무공이나 마법을 흉내 낼 수 있다.

누구나 껄끄럽게 여길 것이다. 무림인에게 있어서 무공은 자신의 재산이자 전부이고, 마법사에게는 마법이 그럴 것이다.

그런데 플람은 단순히 '본 것'만으로 상대의 모든 것을 빼앗아 가버린다.

"……응."

"표정을 보니 알겠어."

플람이 픽 하고 웃었다. 그는 반짝거리는 금발을 손가락으로 배배 꼬았다.

"백소고 누나가 말해줬구나. 내가 본 것만으로 무공을 흉내 낸다고 말이야."

이성민은 대답하지 않았다. 대신에 이성민의 얼굴에는 경계의 표정이 더욱 강해졌다.

그는 위지호연과 만나보았고, 그녀와 몇 달 동안 함께 지내보았기 때문에 잘 알고 있었다. 흔히들 '천재'라 불리는 인간들이 어떤 부류인가.

그들은 일반적인 이해를 뛰어넘는다. 어린 나이임에도 비범하고 사고방식이 나이를 따르지 않는다. 또한 그들은 오만하며 독선적이다.

"어디 보자…… 그러니까……."

플람이 양손을 들어 올렸다. 그는 창을 쥐지 않았지만, 허공을 잡은 손의 모양새나 전체적인 자세는 창을 쥔 모습을 연상시켰다.

플람은 이성민의 표정을 힐긋 보더니 이를 드러내어 웃었다.

플람이 움직였다. 그는 그 자리에서 이성민이 연습하던 란나찰을 펼쳤고, 거기서 또다시 구천무극창을 펼쳤다. 물론 구천무극창 전체를 펼친 것은 아니었다. 현재 이성민의 성취로 펼칠 수 있는 구천무극창은 3식까지가 한계였기 때문이다.

그렇다고는 하여도 플람이 펼치는 창법은 이성민으로 하여금 경악을 느끼게 할 수밖에 없었다. 본 것을 그대로 펼친다.

백소고가 한 말 그대로였다.

"좋은 창법이야."

플람이 양손을 내려놓으면서 중얼거렸다. 마치 품평이라도 하는 것 같은 태도였다.

"어때?"

플람이 이성민을 돌아보았다. 두 눈이 반짝반짝 빛난다.

악의라고는 느껴지지 않는 질문. 바라는 것이 무엇인가.

이성민은 플람이 어떤 대답을 기대하고 바라는 것인지 느낄 수 있었다. 플람은 이성민이 경악해하고, 놀라워하는 것을 바라고 있었다.

"……대단해."

이성민은 머뭇거리다가 그렇게 중얼거렸다. 이성민의 말에 플람이 환한 미소를 지었다.

"내가 너보다 더 잘하지?"

덧붙인 말에 이성민의 가슴은 싸늘하게 식었다.

악의…… 는 모르겠다. 어쩌면 단순히 저런 성격인 것일지도 모른다. 하지만 으레 그런 법이다. 어린아이가 악의 없이 던진 돌에 개구리는 맞아 죽는다. 지금의 경우에서 이성민은 그 개구리였다.

"백소고 누나도 그렇고 독비준 아저씨도 그래. 참 이상하지. 그들이 나보다 더 많이 했을 텐데, 막상 해보면 내가 더 잘

한단 말이야."

플람이 킥킥 웃으면서 말했다.

잘 알겠다. 왜 백소고가 플람과 만나지 말라고 하였는지. 왜 독비준이 서로에게 좋지 않으니 플람과 만나지 말라고 하였는지.

독비준과 백소고, 그 둘도 범인(凡人)이 보기에는 천재로 통할 것이다. 당장 이성민이 보기에도 독비준과 백소고는 천재처럼 보인다. 그런데 그 둘이 말하는 '진짜 천재'가 보기에는 어떨까. 그리고 그 진짜 천재를 보는 범인의 기분은?

'이런 기분이군.'

위지호연과 지냈을 때와는 다른 기분이다. 위지호연은 스스로를 천재라고 말하기는 하였어도, 이성민에게 자신의 천재성을 크게 뽐내려 들지는 않았었다.

애초에 이성민은 위지호연을 자신의 비교 대상으로 두지는 않고 있었다. 당장 이성민이 익히고 있는 구천무극창 성민식은 위지호연이 만들어 이성민에게 가르쳐 준 것이었고, 이성민이 매일 연습하는 창술의 기본기도 모두가 다 위지호연이 가르쳐 준 것이다.

이성민에게 있어서 위지호연은 비교 대상이라기보다는 가르침을 베푼 스승이었고, 동시에 지향해야 할 목표였다.

그런데 플람은 아니다. 이 잔인하기 짝이 없는 어린 천재는 스스로의 재능을 너무나도 잘 알고 있다. 자신이 타고난 천부적인 자질이 타인에게 어떻게 비치는지를 잘 알고 있다.

이성민은 확실하게 이해했다. 왜 백소고와 독비준이 플람과 만나지 말라고 하였는지. 왜 백소고가 '절망하지 말라'고 말했는지.

진짜 천재는 마주하는 것만으로도 다른 이들을 절망시킨다.

"너는 어떤 금제를 받았어?"

플람이 물었다. 그는 이성민의 침묵이 재미없다고 느낀 모양이었다.

"내가 받고 있는 금제는 네 개야. 뭔지 궁금하지?"

"아니, 안 궁금해."

이성민은 뻐딱한 태도로 대답해 주었다. 사실 궁금하다. 플람은 과연 어떤 금제를 받고 있는 것일까.

이 산에서 반년을 살았던 백소고는 세 개의 금제를 가지고 있다. 스칼렛은 두 개의 금제를 가지고 있고, 아마 독비준도 두 개의 금제를 가지고 있을 것이다. 백소고가 다른 이들보다 금제를 하나 더 가지고 있는 것은, 백소고가 처음부터 두 개나 되는 금제를 스스로 걸었기 때문이었다.

그렇다면 플람도 그런 것일까? 반년에 한 번씩 금제가 추가되는 것이라면, 이 산에서 일 년을 버틴 플람이 네 개의 금제를 가지고 있는 것도 납득이 된다.

"거짓말. 궁금해하고 있으면서."

플람이 킥킥거리며 웃었다.

"좋은 것을 알려줄게. 이 산에서는 말이야. 강한 금제를 받을수록 고행과 시련의 신인 므쉬의 어여쁨을 받아. 즉, 스스로가 힘들어질수록 얻는 것이 크다는 말이야."

내 경우에는 그런 것이 필요가 없지만.

플람이 흥얼거리며 덧붙였다.

"네가 펼치는 창법은 뛰어난 무공이야. 그런데 정작 그걸 펼치는 너는 뛰어나지 못해."

알고 있는 말이다. 위지호연에게도 들었었다. 너는 재능이 없다고. 진짜 천재가 보기에는…… 이성민이 가진 자질은 눈에 보이지 않을 정도로 하찮다.

"그러니까 말이야. 차라리 이런 건 어때? 그냥 그만두고 산을 나가는 거야. 뭐, 너 정도의 실력이라면 자그마한 도시에서 먹고살 정도는 될 테니까. 괜히 맞지도 않는 무공을 붙잡고 있지 말……."

"꺼져."

꽈악.

창을 잡은 이성민의 손에 힘이 들어갔다. 플람은 이성민이 자신의 말을 끊고 들어오자 눈을 동그랗게 떴다.

"아직 내 말 안 끝났어."

"꺼지라고."

플람이 억울하다는 표정을 지었다.

"왜 그렇게 말하는 거야? 나는 너를 위해서 하는 말이야. 너무하잖아. 그래도, 또래라서 내 나름대로 널 위해준 것인데. 시간이 아깝다고."

"내 시간이야."

이성민이 내뱉었다.

죽이고 싶다. 이렇게 진한 살의를 떠올리는 것은 굉장히 오랜만이었다.

하지만 떠오른 살의를 행동으로 옮길 수는 없다. 므쉬가 가로막을 것이 분명하고, 므쉬의 제지가 없다고 하여도 이성민이 플람을 상대로 이기는 것은 불가능할 것이다. 플람은 천재니까.

"너무하네."

플람이 중얼거렸다. 그렇게 말하는 플람의 얼굴에는 더 이상 웃음이 남아 있지 않았다. 플람은 몇 걸음 뒤로 물러서더니 두 눈을 가늘게 뜨고서 이성민의 얼굴을 노려보았다.

"나는 너를 위해 말해준 것인데. 왜 너는 나를 싫어하는 거지?"

"너한테 그따위 말을 해달라고 한 적 없어."

"네 허락 없이는 내 마음대로 말도 못 하는 거야?"

"네가 네 마음대로 나한테 지껄였던 것처럼, 나도 내 마음대로 너한테 지껄일 자유는 있지."

이성민의 대답에 플람은 말문이 막혀 입을 뻐끔거렸다. 잠깐 동안 그러던 플람의 어깨가 바르르 떨렸다. 플람이 더 뭐라고 말을 하려던 순간이었다.

휘익.

바람이 부는가 싶더니 이성민과 플람 사이에 백소고가 나타났다. 그녀는 딱딱하게 굳은 얼굴로 플람을 노려보았다. 이성민은 백소고의 등장에 놀랐지만, 플람은 그리 놀란 얼굴이 아니었다. 이성민과는 다르게 플람은 백소고의 기척과 접근을 느꼈기 때문이었다.

"계속 숨어서 엿듣고 있을 줄 알았더니."

플람이 입꼬리를 위로 올리면서 비꼬았다. 백소고는 말없이 머리를 가로저었다.

그것을 보고서 플람이 입을 열었다. 하지만 그는 끝까지 말을 잇지 않았다. 백소고가 대뜸 손을 뻗어 플람의 얼굴 앞을 막았기 때문이었다.

"많이 챙겨주네. 질투 나게."

플람이 그렇게 투덜거리더니 홱 하고 몸을 돌렸다. 몇 걸음 걷던 플람이 이성민을 돌아보았다.

"다음에 봐."

이성민은 그 말에 대답해 주지 않았다. 플람이 휙 하고 몸을 날렸다.

플람이 멀어지는 것을 확인하고 나서 백소고가 몸을 돌렸다. 그녀는 허리춤에 꽂아둔 나무막대기를 들어 바닥에 글을 적었다.

잘 참았다.

"참아야죠. 당장 이 산에서 나갈 생각은 없으니까."

이성민은 그렇게 대답하고서 몸을 돌렸다. 걸음이 평소보다 무겁게 느껴졌다. 금제의 무게뿐만이 아니라 이성민의 마음 자체가 무거웠다.

"……막으러 와준 것은 고마워요."

백소고의 대답은 들리지 않는다. 그녀는 말을 할 수가 없으니까.

이성민은 창을 들었다. 무거운 창을 내공 없이 근력만으로 휘두른다. 가슴이 답답하다. 목구멍에 무언가가 턱하고 막힌 것만 같다.

절망하지 마라.

백소고가 적었던 글을 다시 떠올린다.

10년 후에 보자.

위지호연과의 약속을 떠올린다.

13년간 살다가 죽었던 전생을 떠올린다. 그 허무하기 짝이 없던 죽음을. 그리고 지금 이곳에 있는 자신을.

정신을 차렸을 때는 이미 해가 저물어 있었다. 백소고의 모습은 보이지 않았지만, 백소고가 서 있던 자리에는 큼직한 사슴의 사체가 놓여 있었다.

단전은 텅 비었다. 온몸은 땀으로 흠뻑 젖었고 근육이 아프다.

'부족해.'

재능.

천재를 쫓기 위해서 범재는 얼마나 많은 노력을 해야 하는 것일까. 노력하는 천재를 쫓기 위해서 범재는 그의 몇 배, 몇십 배나 되는 노력을 해야 할 것이다. 아니, 어쩌면 그렇게 노력하고서도 쫓을 수 없을지도 모른다.

재능, 재능.

이성민에게 재능은 없다. 위지호연이 그렇게 알려주었고, 플람이 확인해 주었다.

다 필요 없다. 이미 이성민 본인이 그것을 잘 알고 있었다.

재능이 없기에 다른 것에 기대려 했다. 무골을 얻고 천진심법을 얻고 성령단을 얻고. 앞으로 다른 기회들을 얻으면서 재능이 없음을 보충하려 했다.

재능.

그것이 무겁다. 그것이 이성민을 절망시킨다. 아니, 진정으로 두려운 것은 이것이다.

10년이 흘러 위지호연을 다시 만나게 되었을 때…… 내 수준이 하찮을까 봐, 위지호연이 실망할까 봐.

그것이 두렵다.

"므쉬."

이성민은 입을 열었다. 그는 덜덜 떨리는 손을 붙잡았다. 절망은 두려움이 되었다. 기껏 다시 시작한 이 삶의 끝이…… 하찮게 끝나는 것이 아닐까 두렵다.

"므쉬……!"

부름은 울음이 되었다. 운다. 죽음에서 돌아온 후로 우는 것은 처음이었다.

[인간아.]

목소리가 들렸다.

[왜 신을 부르느냐.]

눈앞에서 아지랑이가 흔들렸다.

므쉬. 시련과 고행의 신.

이성민이 므쉬를 직접 만난 적은 없었다. 하지만 므쉬의 존재는 의식하고 있었다. 산에 들어와서 이성민이 혼잣말로 므쉬에 대한 욕을 내뱉었을 때, 이성민의 머릿속에 대고 므쉬가 투덜거렸던 적이 몇 번 있었기 때문이다.

에리아.

이 세계에서 '신'이라는 존재는 확실하게 존재하고 있다. 각 지역에는 신을 모시는 신전이나, 신과 관련된 성지가 존재하고 있다. 신을 모시는 사제는 신과 연결되어 신의 힘을 행사한다. 당장 이성민이 받고 있는 '금제' 자체가 므쉬의 신력으로 허용된 권능이다.

눈앞에서 흔들리던 아지랑이가 뭉친다. 이윽고 그것은 자그마한 소녀의 모습이 되었다.

소녀.

그래, 므쉬는 소녀의 모습을 하고 있었다. 긴 검은 머리카락은 바닥에 질질 끌릴 정도로 길었고, 지저분한 누더기를 로브처럼 몸에 두르고 있었다. 몸을 포함하여 목까지 붕대로 칭칭 감았고, 두 눈은 창백한 은색으로 빛났다.

"인간아."

므쉬가 이성민을 불렀다. 시련과 고행을 주는 신이면서도 므쉬의 얼굴은 평온했다. 그녀는 흐느끼는 이성민을 향해 다가오면서 물었다.

"왜 울고 있느냐. 이 산에서의 시련과 고행이 괴로워 포기하고 싶어진 것이냐."

그런 것이 아니다. 이성민은 아랫입술을 우드득 씹었다. 터진 입술에서 피가 흘렀다. 울 정도로 힘들어 포기하고 싶어진 것이 아니다. 다만 이 끝이 하찮을까 봐, 그것이 두려워졌을 뿐이다.

플람과의 만남은 이성민에게 절망을 느끼게 만들었다. 동시에 회한과 자괴감, 열등감을 느끼게 만들었다.

왜 나는 천재로 태어나지 못한 것일까.

"인간아."

므쉬가 이성민을 불렀다. 이성민은 손을 들어 눈가를 벅벅 문질렀다. 언제까지고 울어댈 수는 없었다. 울어봤자…… 아무것도 바뀌지 않는다.

열등감. 그것으로 스스로를 위안했다. 주제 파악이라고 말하면서 외면했다.

전생을 그렇게 살다가 죽었다. 기껏 다시 시작하게 되었음에도 13년간 살아온 경험과 기억은 오히려 독으로 작용했다. 위지호연을 만나지 않았더라면 이성민은…… 아무것도 변하지 않았을 것이다.

"……금제를 추가하고 싶다."

이성민은 웅크리고 있던 몸을 일으켰다.

몸이 무겁다.

"호오."

므쉬가 눈을 빛냈다. 그녀의 얼굴에 감정이라는 것이 생겼다. 므쉬는 호기심 어린 표정으로 이성민을 바라보았다.

"금제를 추가하고 싶다고?"

"그래."

따지고 보면 신인 므쉬에게 이렇게 반말을 해도 되는 것일까 싶기는 하였지만, 므쉬는 그런 것을 신경 쓰지 않는 모양이었다. 오히려 므쉬는 이성민의 태도와 대답이 마음에 든 모양이었다. 므쉬가 낮은 웃음소리를 냈다.

"스스로 더한 고행을 하고 싶다는 것이냐. 그를 관장하는 신인 내가 네 말을 들어주지 않을 리가 없지."

하지만 므쉬가 한 마디를 덧붙였다. 그녀는 두 눈을 가늘게 뜨고서 이성민을 바라보았다.

"너는 그를 감당할 수 있겠느냐?"

므쉬가 물었다. 므쉬가 천천히 다가왔다. 이성민은 현재 15살의 나이였고, 키는 160㎝을 조금 넘었다. 므쉬는 그런 이성민보다 머리 하나는 더 작았다.

"너는 지금 받고 있는 두 개의 금제도 감당하지 못하고 있다. 그런데 그보다 더한 금제를 네가 감당할 수 있다고 생각하는 것이냐. 참으로 오만하구나."

므쉬가 비웃음을 흘렸다. 이성민은 주먹을 말아 쥐었다. 므쉬의 말이 맞다. '미각'과 '무거움.' 이성민은 아직도 이 두 개의 금제에 익숙해지지 않았다. 무거움은 의식하면 의식할수록 더해지는 것 같았고, 음식과 물의 맛도 마찬가지였다.

"……할 수 있어."

아니, 해야 한다.

이성민은 므쉬의 얼굴을 노려보면서 대답했다. 이성민의 대답에 므쉬가 쿡쿡거리면서 웃었다.

"네가 한 번 죽음을 겪고서 다시 돌아왔기 때문에 그렇게 말하는 것이냐?"

그 말에 이성민의 얼굴이 뻣뻣하게 굳었다.

"……그걸 어떻게……?"

"보이기 때문이지."

므쉬가 대답했다.

"태어난 모든 존재는 살아가고 결국에 죽는다. 그것은 절대로 거역할 수 없는 법칙이지. 그래, 태어난 것이 원인이 되고 필연적으로 죽음을 맞는다. 그것이 존재가 결코 벗을 수 없는 인과율인 것이지."

므쉬가 손가락을 들어 이성민을 가리켰다. 새하얀 붕대에 감긴 손끝이 이성민을 쿡 하고 찔렀다.

"물론 모든 존재가 인과율에 얽매여 있는 것은 아니다. 인과를 벗는다는 것은 법칙을 초월했다는 것. 존재의 필연적인 인과율을 벗고 법칙을 초월한다면 초월자가 되고 불멸자가 된다. 하지만 너는 다르구나."

므쉬가 하는 말을 이성민은 이해할 수가 없었다. 인과율이니 법칙이니, 초월자니 불멸자니 하는 이야기는 이성민에게 너무나도 먼 이야기였다.

"너는 초월자도 불멸자도 아니면서 인과율이 비틀어졌구나. 모든 이가 알아볼 수 있는 것은 아니겠지만, 신인 내가 그를 알아보지 못할 리가 없지."

"……인과율이 비틀어졌다는 것이…… 나에게 뭔가 나쁜 영향을 주는 것인가?"

"모든 존재는 인과를 쌓는다."

므쉬가 대답했다.

"하지만 네 경우에는 한 번 죽었으나, 어떠한 이유로 인해 죽음을 거역하게 되었지. 그것은 참으로 특이한 일이야. 네 영혼은 인과를 거스르는 과정에서 막대한 업보를 쌓았다. 물론 그것은 살아가는 동안엔 너에게 영향은 주지 않겠지. 하지만 네가 죽은 뒤에는…… 깔깔! 너는 억겁의 세월 동안 괴로움을 받겠구나."

13년의 생을 거슬렀다고 하여 13년의 인과가 더해진 것이 아니다. '죽음'이라는 것을 거슬렀기에 이성민의 인과는 보통의 인간이 상상도 할 수 없을 정도의 인과를 쌓게 되었다. 법칙을 초월하고 인과를 벗은 것이 아니라, '거슬렀다는 것'은 그것들에 정면으로 반(反)하는 죄다.

"……죽은 뒤라면 상관없군."

이성민이 대답했다. 물론 마음이 평탄하지는 않았다. 죽음 뒤에…… 억겁의 세월 동안 괴로움을 받는다고 했다. 죽음 뒤의 이야기다.

"내가 한 번 죽어 돌아온 것은 상관없어. ……금제를 더 받고 싶다고 말했다."

"감당할 수 없을 것이라고 말했다, 오만한 인간아."

므쉬가 머리를 가로저었다.

"너는 네 그릇을 너무 크게 보는구나. 아니야, 네 그릇은 작다."

"너는 고행과 시련의 신이 아닌가."

이성민이 내뱉었다. 그는 손을 들어 자신의 가슴을 두드렸다.

"나 스스로 시련과 고행을 바라고 있는데, 왜 그를 막는 것이냐."

"듣지를 않는구나."

므쉬가 머리를 흔들었다.

"어떤 금제를 원하느냐?"

"……우선 묻고 싶은 것이 있다."

"아무런 대가도 주지 않고서 신과 문답을 하겠다는 것이냐."

"주고 싶어도 줄 것이 없는데……."

"거짓말을 하는구나."

므쉬가 이를 드러내며 웃었다.

"네 혼은 어떠냐."

"……뭐?"

"네 혼 말이다. 인과가 비틀린 혼…… 수집할 가치는 있다고 느껴진다만."

"지금 나보고 죽으라는 것인가?"

이성민이 어이가 없어서 물었다. 그 질문에 므쉬가 웃는 소리를 냈다.

"아니, 그것은 아니다. 지금의 네 혼은 무르익지 않았으니까. 그래…… 언젠가 네가 죽는다면. 그때에 네 영혼을 나에게 넘기는 것이다."

"……거절하지."

이성민은 꿀꺽 침을 삼키면서 대답했다. 영혼을 저당 잡히라니. 그것을 권하는 므쉬는 신이라기보다는 꼭 악마처럼 느껴졌다.

"뭐, 당장 대답하라는 것은 아니다. 한번 생각해 보라는 것이지. 질문에는 대답해 주마. 무엇을 묻고 싶으냐?"

"……금제가 더해질수록…… 보상은 커진다고 했다. 그 보상에 대해서 자세하게 알고 싶다."

"이 산에서의 시련 자체가 보상이다."

므쉬가 대답해 주었다.

"너도 느끼고 있을 것 아니냐. 아니면 그조차 느끼지 못할 정도로 넌 아둔한 것이냐?"

무슨 말인지 알겠다. 이 산에서 세 달 동안 살면서 이성민의 무공은 진보했다. 정확하게 말하자면 '스킬'의 성취가 올랐다. 므쉬의 말대로 이 산에서 살아가면서 하는 고행 자체가 보상이 되고 있는 것이다.

"금제를 추가로 받는다면 보상은 커지지. 너는 두 개의 금제를 걸면서 성장의 속도를 얻었다. 거기서 금제가 추가될수록 더한 속도를 얻는 것이다. 하지만 자잘한 금제보다는 확실하면서 괴로운 금제 하나가 더 가치가 있지."

"……그렇군."

이성민은 머리를 끄덕거렸다. 므쉬는 이성민이 무슨 생각을 하는 것인지 알았다. 므쉬가 키득키득 웃으면서 덧붙였다.

"네 부족한 재능을 금제와 고행에 대한 보상으로 대신하려는 것이구나. 그렇게까지 하려는 이유가 무엇이냐? 무엇을 그렇게 서두르는 것이냐."

"……약속을 했어."

위지호연과 약속했다.

10년, 아니, 이제는 9년이 남았나. 9년 후에 다시 만나자고.

"목소리."

이성민이 손을 들어 자신의 목을 가리켰다.

"꿈."

본래는 스칼렛이 받고 있는 금제까지 더하려고 했다. 하지만 므쉬가 하는 말을 들어보니 그 두 가지 금제를 더해봤자 크게 의미가 있을 것 같지는 않았다.

그리고 스칼렛과 이성민은 처지가 다르다. 매일매일 몸을 가혹하게 움직여야 하는 이성민이 씻는 것과 갈아입는 것의 금제를 받다가 혹시라도 병에 걸린다면 대책이 없었다.

"4개의 금제라."

므쉬가 짓궂은 미소를 지었다.

"미리 말해두마. 금제는 수가 늘어날수록 더욱 가혹해진다. 4개나 되는 금제를 받겠다고 나서는 인간은 처음인데…… 과연 너는 얼마나 버틸 수 있을까?"

므쉬는 그렇게 중얼거리면서 이성민에게 손을 뻗었다.

가장 먼저 사라진 것은 목소리였다. 이성민은 입을 벌려 무어라 말을 하려고 해보았다. 하지만 목소리가 나오지 않는다.

다른 하나는 꿈. 애매하기 짝이 없는 금제였지만, 이성민은 '미각'의 금제를 통해 애매한 금제가 얼마나 끔찍하게 작용하는가에 대해서는 이미 잘 알고 있었다.

"너는 매일매일 잠드는 것을 두려워하게 될 것이다."

므쉬가 소곤거렸다. 이성민도 그럴 것이라고 생각했다.

므쉬는 그 말을 끝으로 이성민의 앞에서 사라졌다. 목소리가 사라졌다는 것은 아직 익숙하지 않아 굉장히 어색하게 느껴졌다.

입을 뻐끔거리며 목소리를 내보려 했지만 아무 소리도 나지 않는다. 이성민은 한숨을 내쉬면서 근처에 있던 나뭇가지를 들어 올렸다. 내일부터는 백소고처럼 글을 써서 말해야 할 것이다.

이성민은 백소고가 가져다준 사슴의 사체로 다가갔다. 식사하는 것이 두렵고 괴롭기는 하지만, 그렇다고 해서 식사를 거를 수는 없다.

먹어야 산다.

이성민은 묵묵히 사슴의 사체를 해체하기 시작했다. 해체 자체는 어렵지 않았다. 고역인 것은 어디까지나 식사였으니까. 하지만 앞으로 할 식사가 끔찍할 것임을 알고 있기에, 사슴을 해체하는 이성민의 손끝은 떨릴 수밖에 없었다.

피비린내가 역겹다. 하지만 멈추지는 않았다. 이성민은 해체를 끝낸 뒤 장작에 새로 불을 붙였다.

어느덧 밤이었다. 식사를 끝내고…… 밤이 깊어질 즈음에는 잠을 자야 할 것이다.

'어떤 꿈을 꿀까.'

이성민은 두려움을 참았다.

너는 매일매일 잠드는 것을 두려워하게 될 것이다.

므쉬가 말한 대로였다. 이성민은 비명을 지르면서 몸을 일으켰다.

얼마나 잤지?

시간 감각이 엉망이었다. 머릿속의 기억이 뒤엉켜 있다. 아주 잠깐…… 잤던 것 같았다. 밤은 여전히 밤이었고, 달은 여전히 떠 있었다. 잠들기 전에 보았던 달의 위치 따위는 기억하고 있지 않았으나, 잠들고서 그리 오랜 시간이 지나지 않았음은 어렴풋이 느낄 수 있었다.

아니, 정말 그런가?

이성민은 어깨를 붙잡았다. 어깨가 미친 듯이 떨려오고 있었다. 그것은 이성민으로서는 처음 느껴보는 미지에 대한 공포였다.

무엇인지 알 수 없고 가늠할 수조차도 없는 미지에 대한 공포.

이성민은 숨을 헐떡거리면서 망토를 끌어안았다. 그리고 망토를 단단히 몸에 감았다. 압박감은 아늑함이 되었고 이성민은 그것에 안심했다. 아주 잠깐 동안.

무슨 꿈을 꾸었는지…… 생각하고 싶지 않았다.

이성민은 굉장히 오랜만에 어린 시절의 기억을 떠올렸다. 그 기억을 떠올리기 위해서는 우선 이 생에서 살았던 1년을 거스르고, 전생에서 살았던 13년을 거슬러서, 에리아로 오기 전의 흔해 빠지고 평범했던 시절을 떠올려야만 했다.

부모가 있었다.

부모 없이 태어나는 사람은 없을 것이다. 이성민은 당연히도 사람이었다. 부모가 있었고, 그들에 대해서는…… 그리 기억하고 싶지 않다.

좋고 나쁘고를 떠나서 '부모'라는 그리운 존재들에 대해서는 이미 전생에서 완전한 이별을 마음먹었기 때문이다. 아니, 정확하게 말하자면 잊고 싶었다. 그리움에 괴로워하고 싶지 않았기 때문이었다.

어찌 되었든, 아주 오래전의 어린 시절. 모든 어린아이가 그러하듯이 이성민도 귀신을 무서워했다. 잠들기 위해 불을 껐을 때의 그 시커먼 어둠이 두려웠고, 그 어둠 속에서 작은 소리라도 날 적에는 기겁하곤 했었다.

동시에 의식하지 않으려고 했다, 귀신이라는 것을. 그것을 의식한다면 꿈에 귀신이 나올 것만 같았기 때문이었다.

지금의 이성민도 마찬가지였다. 꾸었던 악몽을 떠올리고 싶지 않다. 그렇다고 해서 악몽을 꾸지 않는 것은 아니다. 므쉬가 했던 말은 사실이었다. 잠은 더 이상 이성민에게 안락한 휴식이 되어주지 않았다. 이성민이 받은 '꿈'에 대한 금제는 미각 이상의 가혹함을 들이밀었다.

하지만 인간은 잠을 자야 한다. 잘 수밖에 없다.

몇 번을 꿈에서 깨어났는지 모르겠다. 비명을 지르면서 꿈에서 깨어날 때마다 몸은 식은땀으로 흠뻑 젖어 있었고 정신이 뒤엉켰다.

산의 가혹한 추위는 식은땀을 날리면서 이성민의 몸에 혹독한 추위를 선사해 주었다.

이성민은 모닥불에 나뭇가지를 더 넣어 불을 키웠다. 망토를 몸에 단단히 여미고서 불 앞에서 웅크리고 앉았다.

그리고 다시 잠들고 깨어나고, 잠들고 깨어나고…….

해가 떴다.

악몽은 끔찍했다. 두서없이 꾸게 되는 악몽에는 기승전결이라고는 없었고, 그것은 만화경 안에 비치는 빛의 모습처럼 끊임없이 형태를 바꾸었다.

고작…… 하루, 아니, 반나절. 그보다 짧은가?

이성민은 반쯤 풀린 눈으로 하늘을 보았다.

아직 새벽이다. 잠이…… 부족하다. 하지만 더 잘 수는 없었다. 자고 싶지 않았다. 이성민은 비틀거리면서 몸을 일으켰다. 이성민은 창을 쥐었다.

미친놈.

해가 뜨고서 얼마 지나지 않아 백소고가 찾아왔다. 그녀는 창백하게 질린 이성민의 얼굴과 입을 꾹 다문 모습을 통해 이성민이 어떤 미친 짓을 하였는지 짐작하였다.

몇 개의 금제를 더 받은 거지?

백소고가 나뭇가지로 글을 적었다. 이성민은 창을 내려놓았다. 그는 백소고의 얼굴을 물끄러미 보았고, 백소고는 한숨을 푹 내쉬면서 이성민에게 나뭇가지를 건네주었다.

두개.
미친놈.

백소고는 새로 글을 쓰는 대신에 자신이 제일 처음에 적었던 글자를 손으로 가리켰다.

무슨 금제냐. 하나는 목소리인 모양이고.

꿈.

이성민이 대답했다. 아직 처음이라서 그런지 바닥에 글을 적어 대화하는 것이 영 익숙하지 않았다. 그렇기에 말이 짧을 수밖에 없었다.

꿈…… 꿈.

백소고는 입술을 뻐끔거리면서 그 단어를 되뇌었다.

백소고가 받은 금제는 총 셋이다. 왼팔, 목소리, 전음. 이 세 개의 금제가 칭하는 대상은 아주 명확하다. 왼팔의 금제로 왼팔을 사용할 수 없다. 목소리의 금제로 목소리를 낼 수 없다. 전음의 금제로 전음을 낼 수 없다.

그것은 이 산에서 살아가는 다른 수행자들 역시 마찬가지다. 스칼렛이 가지고 있는 두 개의 금제도 그렇고, 독비준이 가지고 있는 두 개의 금제도 그렇다.

하지만 이성민이 받은 금제는 어떤가. 무거움, 꿈, 미각…… 이 금제들은 행동에 관한 것이라기보다는 추상적인 느낌이다. 그런 금제는 굉장히 가혹하다.

일부러냐?

백소고가 물었다.

강한 금제를 받을수록 시련 끝의 보상은 달콤해지지. ……왜 그렇게 서두르는 것이냐?

나에겐 재능이 없으니까.

이성민이 대답했다.

재능이 없다.

백소고는 바닥에 적힌 글자를 보고서 입을 다물었다. 그녀는 목소리도 전음도 낼 수 없는 처지여서 침묵밖에 할 수가 없는 몸이었지만, 그 어떤 글자도 적을 수 없을 정도로 이성민의 대답에 압도되었다.

재능이 없다. 백소고와는 인연이 없는 이야기였다.

이 세계, 에리아에 소환되기 전에도 백소고는 자신이 넘치는 재능을 가지고 있음을 잘 알고 있었다.

비록 이 세계로 넘어와 므쉬의 산에 들어오면서 플람이라는 진짜 천재를 만나 절망을 겪기는 하였으나 그것은 어디까지나 플람이 세상에 다시없을 천재였을 뿐이고 상대적으로 백소고가 가진 재능의 빛이 바랬을 뿐이었다.

재능.

백소고가 간신히 글자를 적었다.

재능의 부족함을…… 절감하였던 적이 있던가.

있다.

플람과 처음 만났을 때 백소고는 스스로 가진 재능이 일천하다 생각하여 절망을 느꼈었다.

그것은 비단 백소고뿐만이 아니었다. 독비준도, 스칼렛도. 모두가 플람의 재능에 압도되어 절망을 겪었다.

그들 역시 뛰어난 재능을 가졌던 이들이다. 그런 이들마저 플람이 가진 진짜배기 천재성에 압도되었는데, 스스로 재능이 없다고 말하는 이성민이 느낀 절망감은 과연 어느 정도일까. 백소고는 그에 대해 쉽사리 상상할 수가 없었다.

백소고는 이성민이 이 산에 들어온 뒤로 쭉 이성민을 보아왔다. 가벼운 호기심에서 시작한 관찰이었다. 플람과 같은 또래의 소년이 수행을 위해 들어왔기에, 백소고는 이성민도 플람처럼 대단한 재능을 가진 천재라고 착각했었다.

하지만 아니었다. 이성민의 실력은 그 또래에 비해 걸출하다고 할 정도는 되었으나, 천재라고 하기에는 한참 모자랐다.

게다가 기이한 것은 또래에 비해 뛰어난 실력을 가진 것이 분명한데도, 그 실력이 앞으로 나아가는 속도가 너무나도 느리다는 것이었다. 백소고는 이성민에게서 보이는 재능과 보이는 실력의 부조화를 느꼈다.

하지만 이제는 알았다. 스스로 재능이 없다고 말하는 이성민의 말은 진심이었고, 그 말을 적은 얼굴은 자괴감에 젖어 있었다. 그러나 눈빛은 죽지 않았다.

네 목표는 굉장히 높은 곳에 있는 모양이야.

백소고가 글을 적었다. 그 말에 이성민이 놀란 표정을 지었다. 이성민은 자신이 목표로 삼은 위지호연이라는 천재에 대해 백소고에게 말한 적이 없었다.

놀라지 마. 눈을 보면 아니까. 누구나 마음속에 정해둔 목표라는 것은 가지고 있는 법이지. 그 목표에 도달하기 위해 정말로 노력하는 이들은 드물지만.

백소고는 그렇게 중얼거리면서 나뭇가지를 잠깐 멈추었다. 그녀는 무언가를 고민하는 표정을 짓다가 다시 나뭇가지를 움직였다.

내 목표는 무림제일이었다. 이 세계로 오게 되면서 무림제일을 노릴 수 없게 되었지만, 대신에 목표가 바뀌었지. 천하제일로.

백소고는 글을 적은 뒤에 이성민에게 나뭇가지를 건네주었다. 이성민은 백소고에게서 나뭇가지를 건네받고서 잠깐 동안 머리를 갸웃거렸다. 백소고가 도대체 무슨 대답을 기대하는 것인지 알 수 없었기 때문이었다.

이성민이 머뭇거리는 동안 백소고의 표정은 계속해서 바뀌었다. 장고가 끝나고서 백소고는 머리를 끄덕거렸다.

백소고의 손이 그녀의 품 안으로 들어갔다. 이윽고 백소고가 꺼낸 것은 낡은 서책 한 권이었다. 백소고는 그것을 이성민에게 내밀었다.

무영탈혼(舞影脫魂).

이성민이 놀란 표정을 짓고서 백소고의 얼굴을 보았다. 고민을 끝낸 백소고는 무덤덤한 얼굴이었다.

이성민이 뭐라고 글자를 적으려고 하였지만, 백소고는 이성민이 글을 적게 내버려 두지 않았다. 툭 하고 내민 무영탈혼의 서책이 이성민의 가슴에 닿았다.

네가 지난번에 말했었지. 경공을 알려달라고.

백소고가 이성민에게 나뭇가지를 빼앗아 바닥에 글을 적었다.

무영탈혼. 그것이 내가 익힌 발놀림의 전부다. 내 보법, 내 신법. 모두가 무영탈혼이다. 이제부터는 네가 익혀라.

왜 나에게?

이성민이 나뭇가지를 돌려받아 글을 적었다. 백소고에게
경공을 알려달라고 했던 적은 있기야 했지만, 그것은 어디까
지나 백소고를 한번 찔러보았던 것뿐이다. 설마 백소고가 진
짜로 경공을 알려줄 것이라고는 생각하지 않았다.

동정심.

백소고가 글을 적었다. 이성민의 표정이 **뻣뻣하게** 굳었다.

나는 너처럼 재능이 없지는 않아. 그래서 네가 느낀 절망감이
얼마나 클지도 모르고, 네가 목표로 둔 곳까지 향하는 여정이 얼
마나 가혹할지도 잘 모르겠다. 내가 너에게 무영탈혼을 주는 것은,
너를 이해하지 못하지만 도와는 주고 싶다는 그런 동정심이다.

백소고는 솔직했다.
동정심. 동정심이라…….
이성민은 입술을 뻐끔거리면서 웃었다.

그리고 난 착한 사람이니까.

동정심이라고 말하여 민망한 것인지, 백소고가 그렇게 덧붙였다.

하지만 이성민은 백소고의 동정심에 딱히 불쾌감은 느끼지 않았다. 오히려 이런 식의 동정이라면 환영이었다.

내가 백소고 님을 사부라고 불러야 하는 겁니까?

이성민이 물었다. 백소고는 머리를 가로저었다.

나는 무영탈혼의 창안자도 아니고 대종사도 아니야. 사부는 무슨. 그냥 사저라고 불러라.

설마 묵섬광 백소고의 사제가 될 줄이야.

과거로 돌아온 삶은 확실하게 전생과는 다른 방향으로 흐르고 있었다.

이성민은 백소고에게 받은 무영탈혼의 비급을 그 자리에서 읽어 내렸다. 무공의 가치를 확인하기에는 이성민의 견식은 짧고 재능은 일천하였지만, 그럼에도 알 수 있을 정도로 무영탈혼은 대단한 무공이었다.

'구천무극창이나 자하신공과 비교해도 손색이 없을 정도야.'

이성민은 마른침을 꿀꺽 삼켰다. 전생에서는 기연 같은 것과는 인연이 없었다. 그나마 기연이라고 할 수 있는 것은 죽기 직전에 전생의 돌을 얻었던 것뿐이었다.

그런데 이번 생은 어떤가. 위지호연에게서 자하신공과 구천무극창을 전수받았고, 백소고에게 무영탈혼을 전수받았다.

'문제는 나로군.'

[무영탈혼을 익히시겠습니까?]

예.

이성민은 서책을 덮었다.

'앞으로 9년. 아니……'

8년이다.

익숙해지는 것.

그것은 의식하고 있다고 해서 되는, 그런 쉬운 일은 아니었다. 몸에 받은 금제 중에서 가장 빠르게 익숙해진 것은 목소리의 금제였다.

아무런 목소리도 낼 수가 없다. 비명도, 신음도, 기합도. 목소리의 금제는 육성으로 나눌 수 있는 단순 회화뿐만이 아니라, 입으로 낼 수 있는 모든 소리에 대한 금제였다.

사실 그것은 그리 큰 금제는 되지 않았다. 어차피 이 산에서 이성민과 자주 만나는 사람이라고 해봐야 백소고뿐이고, 백소고 역시 이성민과 똑같이 목소리의 금제를 받고 있다.

오히려 백소고 덕분에 이성민은 목소리의 금제에 대해 빠르게 익숙해질 수 있었다.

바닥에 글자를 적어 나누는 침묵의 대화. 그리 편한 대화 수단은 아니었지만 익숙해지는 것 자체는 크게 어렵지는 않았다.

하지만 다른 금제들은 달랐다.

이성민이 느끼고 있는 무거움은 날이 갈수록 더해지고 있었다. 특히 백소고의 사제가 되어 무영탈혼을 전수받기 시작하면서부터 무거움은 이성민의 발목을 단단히 붙잡았다.

무영탈혼은 보법이자 경공이었다. 대부분의 보법이 그러하듯이 무영탈혼은 환(幻)과 쾌(快)의 극을 추구하고 있었고, 정(停)보다는 동(動)을 추구했다.

그러한 무영탈혼은, 무거움에 대한 금제를 받고 있는 이성민이 익히기에는 너무나도 가혹한 무공이 되었다. 무영탈혼 자체가 신공절학에 들어가는 뛰어난 무공이기에, 이성민이 느끼는 버거움은 더욱 컸다.

'빠르게 움직이려고 하면 무거움이 발목을 잡아.'

거기서 무영탈혼이 막힌다. 구결에 따라 보법을 펼쳐 보아도 만족스러운 속도가 나오지 않는다. 무거움을 이겨내기 위해서는 그를 감당할 만한 힘과 속도가 필요했다.

'생각은 쉽지.'

언제나 생각은 쉽고, 현실은 생각보다 어렵다.

무공 수련에 있어서 무거움이 발목을 잡는다면 미각과 꿈에 대한 금제는 이성민 자체를 망가뜨리고 있었다.

식사는 여전히 끔찍했고 잠은 안락한 휴식이 되어주지 못한다. 아니, 차라리 미각에 대한 금제가 꿈에 대한 금제보다는 나았다.

잠드는 것이 두렵다. 이성민은 마음속으로 간절히 바라게 되었다.

제발 밤이 되지 않기를. 제발 내 몸이 피곤에 절지 않기를.

그런 간절한 바람에도 불구하고 해는 결국 저문다. 미친 듯이 창을 휘두르고 뛰어다니던 몸은 지치고 정신은 흐려진다. 그러다가…… 죽은 듯이 잠에 든다. 그리고 악몽에 깨어난다. 소리 없는 비명을 한참 동안 지르다가 모닥불 앞에 웅크려 몸을 떤다. 그러다가 다시 잠들고, 깨어나고.

"미친 새끼."

이 산에 들어오고 나서 부쩍 자주 듣게 되는 말인 것 같았다. 이성민은 몸을 멈추고서 스칼렛을 보았다. 왜 스칼렛이 이곳에 있는 것인가 궁금했는데, 아무래도 백소고가 데리고 온 모양이었다.

이성민은 스칼렛의 곁에 있는 백소고를 힐긋 보았지만, 백소고는 설명 같은 것은 해주지 않았다.

"벙어리 새끼들끼리 뭘 눈을 맞추고 있어? 너희들 사귀냐?"

스칼렛이 투덜거리면서 이성민에게 다가왔다. 이성민은 창을 내려놓고서 허리춤에 꽂아두었던 나무 막대기를 들었다. 그것을 보자 스칼렛의 미간이 팍 구겨졌다.

"안 물어봐도 돼. 내가 말해줄 거니까. 아, 정말! 왜 벙어리가 되는 거야? 대화하기 힘들게."

스칼렛은 투덜거리면서 머리를 벅벅 긁었다. 그럴 때마다 하얀 비듬이 눈이 되어 아래로 떨어졌다.

"백소고, 이 벙어리년이 말이야. 사흘 전부터 나한테 와서 빌더라. 널 좀 어떻게 해달라고."

스칼렛이 백소고를 째려보면서 내뱉었다. 그녀의 입술이 열릴 때마다 썩은 내가 풍겨왔지만, 이성민은 그 악취에 신경 쓸 수가 없었다.

대신에 이성민은 놀란 얼굴을 하고서 백소고를 보았다.

"너한테 몇 가지 마법을 알려줄 거야."

스칼렛이 성큼성큼 이성민에게 조금 더 가까이 다가왔다. 그녀의 걸음이 가까워질 때마다 악취도 가까워졌다.

"다행인 줄 알아. 원래는 간단한 마법이라고 해도 쉽게 배우고 쓸 수 있는 것이 아닌데…… 이 세계에서는 그것이 가능하니까."

악취가 코앞에서 나고 있었지만 이성민은 코를 붙잡지 않았다. 투덜거리고 있기는 했지만 스칼렛이 하는 말의 뜻은 간단했다. 이성민에게 마법을 가르쳐 준다는 것이다.

전생의 이성민은 마법이라는 학문과는 조금의 인연도 없었다. 물론 배운다고 마음을 먹었다면 하급 중의 하급 마법 몇 가지는 익힐 수 있었겠지만, 몸 쓰는 용병이었던 이성민에게 있어서 마법보다는 무공이 훨씬 더 직관적이었고 간절했었다.

스칼렛 레시르. 지금은 아니었지만, 그녀는 앞으로 10년 뒤에는 자신의 이름을 내건 '레시르 학파'를 창설하여 대마법사로 불리게 된다. 그런 스칼렛에게 직접 마법을 배우게 된다는 것은 엄청난 기연이었다.

"요 꼬맹이 표정 좀 봐."

이성민의 얼굴을 힐긋 본 스칼렛이 입술을 삐죽 내밀었다.

"야! 내가 말했잖아. 몇 가지 마법이라고. 다 안 알려줄 거야. 마법은 내 밥줄인데, 그걸 공짜로 알려줄 수는 없지. 이것도 공짜로 알려주는 건 아니야. 백소고, 저 벙어리가 이미 대가를 치렀을 뿐이지."

대가?

이성민이 바닥에 글자를 적었다.

"별것 아냐. 내가 나중에 도와달라고 하면 이유 불문하고 나를 한 번 도와주기로 했어."

별것 아니기는. 백소고 정도의 고수를 이유 불문하고 무조건 한 번 부릴 수 있다는 것인데.

이성민은 홱 하고 백소고 쪽을 보았다. 백소고는 대수롭지 않다는 얼굴이었다.

"너에 대해서는 들었어. 이 미친 꼬맹아, 금제를 두 개 더 받았다며? 진짜…… 제대로 미쳤다니까. 무식하면 멍청하다더니 딱 그 꼴이야."

스칼렛이 낄낄거리면서 웃었다.

"내가 너한테 가르쳐 줄 마법은 넷이야. 우선 멘탈 클리닝. 너…… 악몽을 꾼다며? 그냥 꿈이라고 무시하면 안 돼. 계속 꾸면 정신이 붕괴될지도 모르니까. 멘탈 클리닝은 그걸 위한 마법이야. 피폐해진 정신을 깔끔하게 해주지. ……너처럼 매일 악몽을 꾸는 경우에는 응급처치 정도밖에 안 되겠지만 말이야."

스칼렛은 그렇게 말하면서 품 안에서 마법 스크롤을 꺼냈다.

"그리고 스트렝스와 헤이스트. 기본적인 버프 마법이지. 힘을 더 세게, 몸을 더 빠르게 해줘. 그리고 마지막은 패티그 리커버리. 피로 회복 마법이야."

총 네 장의 스크롤이 이성민의 품에 안겼다. 이성민은 눈을 끔벅거리면서 품 안의 스크롤을 내려 보았다.

스칼렛이 가르쳐 준 네 개의 마법은 지금의 이성민에게 굉장히 필요한 것들이었다.

멘탈 클리닝.

매일 꾸게 되는 악몽은 이성민의 정신을 망가뜨리고 있다. 악몽이 가져다주는 정신 공격에서 이성민의 정신을 보호해 준다.

스트렝스와 헤이스트.

이 두 개의 버프 마법은 이성민이 받고 있는 '무거움'에 대한 금제의 가혹함을 덜어줄 수 있다. 물론 이것도 완전한 해답은 되지 못할 것이다. 이성민이 느끼고 있는 무거움은 날이 지날수록 더해지고 있기 때문이다.

패티그 리커버리.

깊게 잠들지 못하는 이성민의 몸은 계속해서 피로가 누적될 것이다. 패티그 리커버리의 피로 회복은 누적된 피로를 해소시켜 준다.

"기억해 둬. 마법은 만능이 아니야."

스칼렛이 이성민에게 충고했다.

"편리하기는 하지만 만능은 아니라고. 스트렝스와 헤이스트는 마법으로 전체적인 근력을 상승시키지만, 그에 대한 부담은 네 몸이 짊어지는 거야. 멘탈 클리닝도 마찬가지고 패티

그 리커버리도 그래. 너무 남발하다가는 네 몸이 축나."

스칼렛은 거기까지 말하고서 입을 다물었다. 잠깐의 침묵 끝에, 스칼렛은 짧은 한숨을 내뱉었다.

"……뭐, 몸을 챙길 수 있을 정도로 현명했다면 그런 얼간 이 같은 금제는 받지 않았겠지. 어쨌든, 도움은 될 거야. 버티 는 것에 말이야."

스칼렛은 그렇게 말하고서 자신의 거처로 돌아갔다. 이성 민은 일단 스크롤을 읽어 내리고서 네 개의 마법을 스킬에 추 가했다.

그러던 중에 백소고가 다가왔다. 이성민은 익힌 스크롤을 품 안에 넣어두고서 백소고를 올려 보았다.

사저가 착한 사람이니까, 저한테 이렇게까지 해준 겁니까?

응.

백소고가 당당한 얼굴로 대답했다. 예상했던 대답이었지만 저렇게 직접 들으니 진이 빠진다. 이성민은 허탈한 표정을 지 으면서 백소고를 바라보았다.

내 일인데 왜 사저가?

너는 스칼렛이랑 안 친하잖아. 하지만 나는 친해. 그러니 부탁

할 수 있지.

간단한 대답이었고, 사실이었다. 이성민이 스칼렛을 찾아가 부탁했다고 한들 스칼렛은 이성민의 부탁을 들어주지 않았을 것이다.

이성민이 스칼렛에게 마법을 배울 수 있었던 것은 백소고가 스칼렛과 친분이 있고 백소고가 스칼렛의 요구를 들어줄 수 있는 능력을 갖추었기 때문이었다.

인연이라는 것은 중요한 것이야. 사제, 가끔 보면…… 사제는 인연을 두려워하는 듯해. 아니, 조금은 다른가. 사람을 믿지 않는 것처럼 보이기도 하고.

정곡이었다. 이성민은 놀란 표정을 하고서 백소고를 보았다. 백소고는 그럴 줄 알았다는 듯 피식 웃었다.

신중해서 나쁠 것은 없지. 하지만 너무 신중하다가는…… 타인과 이어질 수 없어. 사람은 혼자서는 살아갈 수가 없으니까.

그 말은 이성민으로 하여금 여러 가지를 느끼게끔 하는 말이었다.

사람은 혼자서는 살아갈 수 없다.

전생의 이성민은…… 동료가 없었다. 친구가 없었다. 믿지 않았다. 노 클래스라는 배경과 이 빌어먹을 세계는 그딴 것들보다는 가혹한 생존을 강요했다. 그렇게 살았다. 13년 동안 살았고, 혼자 죽었다.

이번 생엔 한스와 잭에게 호의를 받았다. 비록 그들의 호의는 이성민이 가진 재능을 오해하여 기인한 것이긴 했지만 그들은 이성민을 위해주었다.

잭의 딸인 루라에게도 호의를 받았다. 위지호연은 말할 것도 없다.

그리고 백소고에게도.

사람은 혼자서 살아갈 수 없다. 인연은 중요한 것이다. 너무 신중해서는 이어질 수 없다.

하지만 신중함이 나쁜 것인가?

배신을 두려워하는 것이 뭐가 나쁘단 말인가.

이성민의 가슴속에서 모순이 회오리쳤다. 전생에서 겪었던 삶과 지금의 삶이 겹치고 부딪히면서 혼란을 만들었다.

사제에게는 어려운 말이었나 보군.

이성민의 표정을 힐긋 본 백소고가 글을 적었다.

너무 마음에 담아두지는 마. 사제와 나는 다른 사람이니까. 내가 하는 말이 사제에게 무조건 옳을 수는 없어. 가치관이 다르니까.

백소고는 그렇게 적고서 먼저 적었던 글자를 발로 벅벅 문질러 지웠다.

마법을 써보는 것은 처음이겠지? 한번 써봐.

백소고가 그렇게 권했다. 이성민은 머리를 끄덕거리고서 머릿속에 있는 마법을 의식했다.

스칼렛이 말했듯이 마법이라는 것은 간단한 것이라고 해도 쉽게 배우고 펼칠 수 있는 것이 아니다.

하지만 이 세계에서는 다르다. 무공이 그러하듯, 마법도 쉽게 펼칠 수는 있다.

그래, 펼칠 수는 있다. 그것을 발전시키고 어떻게 사용하느냐는 철저하게 본인에게 달린 일이지만.

'내공을 사용하는군.'

단전에 있던 내공이 꿈틀거린다. 자하신공을 운용하지 않아도 내공이 마법을 통해 소모되었다.

우선 이성민은 멘탈 클리닝 마법을 사용했다. 칙칙하고 무겁던 머리가 맑고 가벼워진 것이 곧바로 체감되었다. 그다음은 패티그 리커버리. 멘탈 클리닝이 무겁던 머리를 맑게 하였다면, 패티그 리커버리는 무겁던 몸을 가볍게 만들었다. 수면 부족으로 쌓였던 피로감이 사라진 것이다.

'장기적으로 본다면 몸에 독이 돼…… 알고는 있지만…….'

알고는 있어도 할 수 있는 최선의 방법은 이것뿐이다.

이성민은 한결 개운해진 표정을 하고서 백소고를 보았다. 스트렝스와 헤이스트도 시험해 보고 싶었지만, 우선 그 전에 백소고에게 머리를 숙이고 싶었다.

감사합니다, 사저.

이성민은 바닥에 글자를 적고서 꾸벅 머리를 숙였다. 그것을 보던 백소고가 뺨을 긁적거렸다.

사제, 그래도 이건 기억해 둬. 나는 이건 인간의 도리라고 생각하거든. 은원(恩怨)은 잊지 마. 아니, 원은 잊어도 은은 잊지 마.

백소고가 글을 적었다.

그러니까, 이런 거야. 의를 따지고 도리에서 벗어나지 마. 은혜를 입었다면 당장 갚지는 못해도 마음에 담아둬. 원한은…… 버리라고는 하지 않을게. 그게 가능했다면 뭐 하러 무공을 익히겠어. 그냥 도나 닦지. 나도 착한 사람이기는 하지만 원한은 어지간해서는 잊지 않아. 은혜는 더욱 잊지 않고.

그 말을 보고서 이성민은 머리를 끄덕거렸다. 백소고의 저런 말은 마음의 혼란 없이 쉽게 받아들일 수 있었다. 적어도 이성민은 백소고에게 입은 은혜는 잊지 않을 생각이었다.

'8년 뒤에도.'

8년 뒤에 백소고는 위지호연에게 죽는다. 이성민은 그것을 막고 싶었다.

3장
수행

　마법을 쓸 수 있게 되면서, 무거움에 대한 금제는 상당히 덜어졌다. 하지만 그것도 처음 며칠뿐이었다. 스트렝스와 헤이스트 마법으로 무거움에 익숙해졌다고 느낀 순간.

　'더 무거워졌어……!'

　이성민은 이를 악물었다. 므쉬의 금제와 시련은 가혹하기 짝이 없었다. 익숙해지면 익숙해질수록 금제는 더욱 끔찍하게 작용했다.

　이성민은 이를 악물고서 걸음을 옮겼다. 스트렝스 마법은 이미 사용했다. 거기에 내공까지 끌어 써야 몸을 움직이는 것이 가능했다.

　더해졌군.

이성민이 끙끙거리며 창을 들어 올리려는 중에 백소고가 나타났다.

이성민의 앞에 나타난 그녀는 바닥에 글자를 적은 뒤에 이성민에게 손을 뻗었다. 이성민이 들려던 창이 백소고의 손안으로 들어갔다.

이성민이 느끼는 창의 무거움은 백소고에게는 적용되지 않는다. 백소고는 몇 번 창을 휘둘러 보고서 어깨를 으쓱거렸다.

창법의 수행이라고 해서 꼭 창을 휘두를 필요는 없다. 맨손으로도 할 수 있지 않아?

그래도 기왕이면 창을 쥔 편이.

사제는 이상한 곳에서 완고해.

백소고가 벙긋거리며 웃었다.

몸이 더 무거워졌으니 무영탈혼을 연습하는 것도 힘들겠군. 이럴 줄 알았으면 사제에게 무영탈혼을 가르치지 말 것을 그랬다.

너무한데요.

농담이야. 기왕 이렇게 되었으니 사제에게 조언을 해주지.

백소고가 이성민에게 창을 돌려주었다. 이성민은 긴장한

얼굴을 하고서 창을 받았다. 받은 순간 너무 무거워 창을 놓을 뻔했다.

이 산의 고행은, 쉽게 생각하자면 스스로 정해둔 목표로 향하는 것이야.

백소고가 글을 적기 시작했다.

마음속으로 정해놓은 목표에 도달하기 위한 시련인 것이고 고행인 것이야. 이해하고 있나?

······무슨 말인지 잘 모르겠습니다.

간단해. 마음속으로 정해놓은 목표를 달성할수록 보상을 받을 수 있다는 것이야.

보상. 애매하네요.

꼭 그렇지도 않아. 그러니까······ 므쉬는 꽤 공평한 신이라고 생각해. 고행을 견디고 시련을 이겨낸다면 보상은 확실히 주어진다. 내 경우에는 무공의 성취가 그렇지.

이성민이 머리를 갸웃거렸다. 백소고는 답답해하지 않고서 계속해서 글을 적었다.

이런 거다. 가령, 네가 무영탈혼을 2성까지 익히는 것을 목표로 한다고 하자. 네가 고행을 견디어 그것에 도달한다면 무영탈혼은 2성에 도달하고, 네가 견뎠던 가혹함에 따라 2성이 아닌 3성이 될 수도 있다는 것이다.

직관적이고 알기 쉬운 설명이었다. 그 말을 통해서 이성민은 이 산에서 주어지는 금제와 고행, 시련과 보상의 매커니즘에 대해서 얼추 이해할 수가 있었다.

므쉬는 이 산에서의 성장 자체가 보상이라고 했다. 그것은 틀린 말이 아니었다.

이성민이 이 산에 들어오면서 잡았던 목표는 '강해지는 것'이었고, 그를 목표로 수행을 해갈수록 이성민은 빠른 성장을 거두었다.

즉, 보상은 계속해서 주어지고 있었다는 말이다.

네가 잡은 목표가 무엇인지 나는 잘 모른다. 네가 말해주지 않았으니까. 너무 먼 목표로 향하는 것을 탓하고 싶은 것도 아니다. 하지만 이런 말이 있잖아. 천 리 길도 한 걸음부터라고.

백소고가 벙긋하고 웃었다.

우선은 목표를 가깝게 두는 것이 어떤가?

그 말을 통해서 이성민은 무언가를 깨달았다. 그는 위지호연이라는 목표를 끝으로 두고 있었고, 그녀에게 너무 맹목적이었다.

'뱁새가 황새 쫓다가는 가랑이가 찢어지는 법인데.'

이성민은 쓰게 웃었다. 스스로를 뱁새라고 하는 것은 그리 좋은 기분이 아니었다.

아니, 어쩌면 뱁새도 아닐지도 모르지.

설령 그럴지도 모른다고 하여도.

이름: 이성민

직업: 노 클래스

스킬:

밝은 귀

―숲속에서의 청각이 예민해집니다. 작은 소리를 들을 수 있습니다.

도축자

―짐승이나 몬스터를 능숙하게 해체할 수 있습니다.

살인

―사람을 죽인 경험을 가지고 있습니다.

조용한 걸음

ー걸음 소리를 낮출 수 있습니다.

별 볼 일 없는 패시브 스킬들의 아래.

자하신공(4성)

구천무극창 성민식(3성)

철피강골(8성)

석파권장(8성)

일뢰주법(6성)

무영탈혼(1성)

헤이스트

스트렝스

패티그 리커버리

멘탈 클리닝

익힌 무공과 마법들이 보인다.

외공인 철피강골과 석파권장은 내공이 깊어짐에 따라 자연
스럽게 성취가 올랐다. 자하신공도 매일 내공심법을 운용하
는 덕에 제법 성장하였고, 구천무극창도 그랬다.

하지만 무영탈혼의 성취는 늦다. 무거움에 대한 금제 때문

에 경공을 펼치는 것에 소홀했기 때문이다.

'우선 목표는 무영탈혼을 2성까지.'

이성민은 마음속으로 뚜렷한 목표를 잡았다.

"이해가 안 되네."

백소고의 걸음이 멈추었다. 그녀는 한숨을 푹 내쉬면서 소리가 난 방향을 바라보았다. 가까운 나무의 위에 플람이 앉아 있었다. 플람은 백소고가 자신을 올려다보자 히죽 웃더니 그대로 뛰어내렸다.

"누나, 왜 저런 녀석한테 신경 쓰는 거야?"

플람이 입꼬리를 꼬아 올리면서 물었다.

"대단한 재능이 있는 것도 아니고. 그럭저럭 평범한 놈인데 왜 그렇게 신경을 쓰는지 몰라. 보니까 아예 제자로 들인 것 같던데?"

플람의 말에 백소고는 나뭇가지를 꺼내는 대신에 입술을 달싹거렸다. 플람은 백소고의 입술 모양을 통해 그녀가 무슨 말을 하는 것인지 알아들었다.

"신경 쓰지 말라고? 내가 왜 그래야 해? 난 궁금한 것은 못 참아. 누나도 알잖아."

백소고의 눈가가 찡그려졌다. 그녀가 다시 뭐라고 입술을 달싹거렸고, 플람은 머리를 흔들었다.

"아니면 뭐, 그런 거야? 그냥저냥인 사람들끼리 서로 상처라도 빨아주는 건가?"

그 말에 백소고의 얼굴이 싸늘하게 굳었다. 칼날처럼 예리하게 벼려진 살의가 플람을 덮쳤다.

플람은 처음 덮쳐 온 살의에 조금 놀라기는 하였으나 압도되지는 않았다. 플람은 코웃음을 흘리면서 손을 내저었다.

"정곡이라서 발끈한 거야?"

백소고는 더 이상 말하지 않았다. 그녀는 입술을 꾹 다물고서 내뿜었던 살의를 갈무리했다. 백소고의 얼굴에 착잡함이 스쳤고, 플람은 그것을 보고서 비웃음을 흘렸다.

"보면 꽤 재미있어. 천재인 나는 모르는 기분이니까."

플람은 그 말을 남기고서 휙 하고 몸을 날렸다. 플람이 의도하여 보여준 것은 백소고가 장기로 삼는 경공인 무영탈혼이었다.

백소고는 아랫입술을 잘근 씹었다. 저 어린 천재가 보여준 무영탈혼은 백소고 본인이 펼치는 것과 비교해서 큰 손색이 없을 정도였다.

플람이 자리를 비웠으나 백소고는 한동안 그 자리에서 움직이지 않았다. 그녀는 쉽사리 무너져 내보였던 자신의 살의에 대해 자책하면서 관자놀이를 꾹 눌렀다.

그냥저냥인 사람들끼리 상처를 빨아주는 것이냐고.

아주 틀린 말은 아니라고 생각한다. 플람이 보기에 백소고는 천재가 아닐 테니까.

'너는 몰라.'

도달하기 위해 노력하는 것. 플람은 그런 것을 모른다. 애초에 플람은 이 산에 머무를 필요가 없는 인물이다.

그럼에도 남아 있는 것은 이 산의 시련 자체를 플람이 즐기고 있기 때문이다.

즉, 이 산에서 플람은 고행 같은 것은 하고 있지 않다. 몸을 옥죄는 금제를 즐기면서 자신이 가진 오만한 천재성으로 다른 수행자들의 고행을 비웃는 것이 플람이 이 산에 남은 이유다.

백소고는 천재가 아니다. 플람과 첫 대면 했을 때에 백소고는 절망했다. 세상에 저런 천재도 있구나 싶었고, 저 찬란한 천재성에 비해 자신이 가진 재능이 얼마나 하찮은가에 대해 낙담했었다.

하지만 지금은 아니다. 절망과 낙담의 끝에서 아무것도 얻을 수 없다는 것을 깨달았기에 백소고는 이 산에 남아 있는 것이다.

그것은 백소고뿐만이 아니었다. 스칼렛도, 독비준도. 모두가 마찬가지였다.

그리고 이성민도.

백소고가 이성민에게 무영탈혼을 가르친 것은 그 때문이었다. 이성민이 절망하지 않아서, 낙담하지 않아서, 좌절하지 않고 일어서서 더한 금제를 자신의 몸에 새겨 넣어서.

도와주고 싶었다.

그것이 전부였다. 백소고는 그런 사람이었다.

한 달이 지났을 때, 이성민의 무영탈혼은 2성의 경지에 도달했다. 무거움에 대한 금제 때문이기도 했지만 무영탈혼은 굉장히 난해한 보법이었고 경공법이었다.

'아니, 3성…….'

이성민은 상태창을 확인하고서 놀랄 수밖에 없었다. 마음속에 잡아두었던 목표는 무영탈혼이 2성의 경지에 오르는 것이었다.

그런데 상태창에 보이는 무영탈혼의 경지는 3성이었다. 자연스럽게 머릿속에서 무영탈혼 3성의 경지가 떠오른다. 백소고가 말했던 대로 마음속에 두었던 목표에 도달하자 보상이 주어진 것이다.

"그를 위한 고행이고 시련이니까."

상태창을 빤히 보는 이성민에게 목소리가 다가왔다. 이성민은 흠칫 놀라 소리가 난 방향을 돌아보았다.

므쉬. 아지랑이 속에서 나타난 므쉬가 몸에 두르고 있는 거적때기를 흔들며 웃었다.

"하지만 인간아, 너무 기뻐하지는 말아라. 쉽게 이룰 수 있다면 어찌 그것을 고행이라 할 것이고 시련이라 하겠느냐. 금제와 같이 목표를 달성하며 이루는 보상은 익숙해짐에 따라

가혹해진단다."

므쉬가 웃으며 말했다. 낮게 잡았던 목표다. 그를 이루어 내면서 보상을 받았다. 앞으로도 이런 식으로 낮은 목표를 설정하고 보상을 받을 생각이었는데, 므쉬는 그것이 불가능하다고 미리 말해준 것이다.

왜 당신이 이곳에?

이성민은 나뭇가지를 들어 글을 적었다. 므쉬는 신이면서도 만나고자 한다면 언제든지 만날 수 있다.

마음속으로 므쉬를 찾는다면, 므쉬는 나타나 준다. 그를 보면 이 산의 신은 참으로 상냥한 존재였다.

"슬슬 때가 되었기 때문이란다."

므쉬가 웃으면서 말했다. 그 말에 이성민은 느끼는 바가 있었다.

반년.

이 산에서 지내는 것이 반년이 넘는다면 금제가 더해진다. 그것은 이성민에게만 해당되는 것이 아니다. 백소고도, 스칼렛도, 독비준도, 그리고 아마 플람도 추가적인 금제를 받았을 것이다.

아직 지금의 금제에도 익숙해지지 못했는데.

"그건 네가 추가적으로 바란 것 아니냐. 내가 살펴줄 일이 아니란다."

므쉬가 머리를 가로저으면서 대답했다.

"이 산에서 반년을 보낸다면 하나 이상의 금제를 더 받아야 해. 그것이 규칙이다."

현재 이성민은 네 개의 금제를 가지고 있다. 무거움, 미각, 목소리, 꿈. 목소리를 제외한 나머지 금제는 굉장히 성가시고 가혹하다.

'금제가 가혹해질수록 보상은 커져.'

그것에 대해서는 의심할 수가 없었다. 이성민이 가진 일천한 재능으로 이만한 무공의 성취를 이루었다.

이미 이성민은 확실하게 일류의 경지에 도달해 있었다. 아직 육체적으로 장성하지도 못하였고 제나비스에 소환된 지 이제 2년도 되지 않았는데.

이미 전생에서 보냈던 13년의 시간 동안 쌓은 강함을 뛰어넘은 것이다.

물론 순수하게 이성민 본인의 노력으로 이뤄낸 결과는 아니다. 위지호연이 있었고, 성령단이 있었고, 백소고가 있었다. 또한 므쉬의 산에서 보내는 수행이 없었더라면 이성민의 무공은 이렇게 빠르게 늘지 않았을 것이다.

전음.

"피해가는구나."

이성민의 대답에 므쉬가 웃음을 흘렸다. 어쩔 수 없는 일이었다. 생각해 둔 금제가 몇 가지 있기는 하였지만 아직은 아니다. 아직 지금의 금제에도 익숙해지지 않았는데 까다로운 금제를 받을 수는 없었다. 그러니 이번 금제는 피해간다.

"뭐, 좋지. 지금 네가 감당하고 있는 금제만으로도 미칠 것 같을 테니. 후후, 얼마나 더 버틸 수 있을까?"

므쉬가 낮게 웃으면서 이성민에게 손을 뻗었다.

"원한다면 언제든지 네 혼을 나에게 넘겨라. 그렇다면 확실하게 보장을 해주지. 네가 하고 있는 그 알량한 노력의 대가보다 더 큰 것이 너에게 주어질 것임을."

이성민은 대답하지 않고 몸을 돌렸다.

인과율이 비틀어진 혼. 므쉬가 이성민의 혼을 욕심내는 이유다. 하지만 이성민은 자신의 혼을 므쉬에게 넘겨줄 생각이 없었다. 적어도 아직까지는.

노력.

이성민은 노력이라는 단어를 그리 좋아하지는 않았다. 아무리 노력해 봐야 처음부터 재능을 타고난 녀석들만큼 할 수는 없다. 그렇다고 그 재능을 타고난 녀석들이 노력하지 않는 것도 아니다.

즉, 시작점이 다르다는 말이다. 재능을 갖지 않은 이성민은 천재들보다 뒤쪽에서 시작하는 것이고, 천재들은 이성민보다 훨씬 앞쪽에서 시작한다.

그렇다고 달려 나가는 속도가 같은 것도 아니다. 이성민이 기어간다면 놈들은 뛰고, 이성민이 뛴다면 놈들은 말을 탄다.

그래서 이성민은 노력이라는 단어를 싫어했다. 노력한다고 해서 모든 것을 이룰 수 있고 결실을 맺을 수 있는 것도 아니니까.

그러나 이성민은 노력이라는 단어를 '동경'했다.

전생에서 노력하지 않은 것은 아니다. 삼류, 이류 무공이라도 익혔고 그 성취를 위해 노력했다. 살아남기 위해 노력했다.

지금의 삶은 어떤가.

시작점이 다르다는 불평을 해서는 안 된다. 이성민에게는 기억이 있다. 위지호연과 만나면서 내공과 무공을 받았다. 성령단을 먹어 내공의 증진도 거두었다. 므쉬의 산에 들어와서 수행을 시작했고, 백소고에게도 무공을 받았다.

시작점의 문제가 아니다. 달려 나가는 속도의 문제다.

무거움을 견디기 위해 스트렝스, 느림을 커버하기 위해 헤이스트. 자하신공을 운용하여 몸을 더 가볍게, 힘을 더 강하게. 란나찰로 시작한 구천무극창 성민식. 단순히 창만 휘두르는 것이 아니다. 언제나 무영탈혼을 펼친다. 어지럽게 밟는 보법, 걸음을 옮기는 것이 무겁고 느리지만 조금도 건성으로 하지 않았다.

노력.

지금 이성민에게 필요한 것은 노력이었다.

이성민이 보내는 하루는 여전히 지옥과 같았다. 음식과 물은 여전히 역겹다. 잠드는 것이 두렵다. 꿈은 언제나 끔찍했다.

무거움은 몸을 짓누른다. 패티그 리커버리와 멘탈 클리닝 마법이 없었더라면 이 산에서 버티지 못했을 것이다. 아니, 그것을 따진다면 처음 이 산에 들어왔을 때, 백소고의 도움을 먼저 거론해야 한다.

백소고의 도움이 없었더라면 이성민은 이 산에서 살아가지 못했을 것이다.

백소고가 말했었다. 원한은 잊어도 은혜는 잊지 말라고. 그 가르침은 이성민의 마음속에 깊이 새겨졌다.

스칼렛과 백소고에게 감사를 느낀다. 언제가 될진 모르겠지만 그들에게 받은 은혜는 반드시 갚을 생각이었다.

그러한 다짐은 이성민에게 또 하나의 목표가 되었다. 적어도 받은 은혜를 갚기 전까지는 죽을 수 없었다.

하루, 이틀, 일주일, 한 달.

여전한 무거움 속에서 이성민의 몸은 빨라졌다. 3성의 경지에 오른 무영탈혼은, 펼치는 도중에는 무거움을 잊게 해주었다.

란나찰의 기본기는 몸에 완전히 익숙해졌다. 거기서 한발더 나아가 구천무극창에 란나찰을 자연스럽게 섞을 수 있게되었다.

그리고 그것이 되었을 때, 이성민은 주저앉아 울었다. 마음속에 지어두었던 오랜 벽이 허물어지는 기분이었다. 무너진벽은 이성민 스스로 알게 모르게 정해두었던 '한계'라는 이름의 벽이었다.

즐거움을 알게 되었다.

창이라는 무기를 이렇게도 쓸 수 있구나, 내 몸이 이렇게도움직일 수 있구나.

시간은 계속해서 흘렀다. 한 달이 두 달이 되었다. 목소리는 사라졌지만 이성민은 계속해서 소리를 냈다. 창을 휘두르는 소리, 몸을 움직이는 소리.

몸을 짓누르는 무거움 속에서 이성민은 쉼 없이 뛰었다. 잠들기 전 악몽을 두려워하기 이전에 자하신공을 운용했고, 악몽에서 깨어나면 다시 자하신공을 운용했다.

단전 속의 내공은 계속해서 불어나고 있었다. 기혈에 녹아 있던 위지호연과 성령단의 내공은 조금씩 단전으로 인도되었고, 산을 떠도는 기는 이성민의 호흡과 함께 단전에 쌓였다.

"너, 아직도 있었어?"

이성민이 므쉬의 산에 들어오고서 일 년이 다 되어갈 즈음이었다.

플람이 찾아왔다. 이성민은 휘두르고 있던 창을 내려놓았다. 그는 아무런 말도 하지 않고 플람의 얼굴을 바라보았다. 플람은 이성민의 무덤덤한 표정이 마음에 들지 않은 모양이었다. 그는 성큼성큼 이성민에게 다가갔다.

"반년도 못 버틸 줄 알았더니. 일 년을 버티네."

이성민은 다가오는 플람을 보기만 할 뿐 뭐라고 대답하지는 않았다. 일 년 동안 성장한 탓일까. 이성민은 다가오는 플람이 어느 정도의 실력을 갖추고 있는 것인지 어렴풋하게 느낄 수 있었다.

'천재…….'

그런 이름의 괴물. 플람이 도달해 있는 경지는 지금의 이성민으로서는 상상도 할 수 없을 정도로 높았다. 그것에 이성민은 절망보다 먼저 경외감을 느꼈다.

"대단한 재능도 없는 주제에 근성은 꽤 좋은가 봐. 아니, 그것도 아니지. 무식한 게 근성이 좋은 것은 아니니까. 백소고 누나가 도와주지 않았더라면 이 산에서 버티지도 못하고 죽었을 테니."

플람이 입꼬리를 비틀면서 내뱉었다. 이성민은 그 말을 듣고서도 플람에게 반박하고 싶다는 마음을 느끼지는 않았다.

따지고 보면 맞는 말인데 무엇하러 반박하나. 일 년 전, 이성민이 처음 이 산에 들어왔을 적에 무식하여 무모했던 것은 사실이다.

"무시하는 거야?"

플람이 큰 소리를 냈다. 이성민은 묵묵히 창을 휘둘렀다. 다시 란나찰부터 시작했다.

'이것 봐라……?'

플람의 눈이 동그랗게 떠졌다. 이성민이 펼치는 란나찰은 반 년 전에 보았을 적과는 비교가 안 될 정도로 깔끔해져 있었다.

란나찰뿐만이 아니다. 거기서 펼치는 창법과 녹여낸 보법의 조화가 제법 그럴듯하다.

"둔재도 하다 보면 느는 법이로군."

플람이 이죽거렸다.

마음대로 지껄여라.

이성민은 심드렁한 표정으로 창법을 계속했다. 이 산에서 보낸 일 년은 이성민이 전생에서 보냈던 13년의 두 배 이상의 값어치를 가지고 있었다.

"그런데 다섯 개의 금제를 가지고 있으면서 겨우 그 정도야?"

플람이 낄낄거리면서 웃었다. 금제는 그 숫자와 가혹함에 따라 보상을 늘린다. 그것은 플람이 이성민에게 알려준 것이기도 했다.

"한심하네. 차라리 내가 알려줄까? 응?"

플람의 웃음소리가 높아진다. 이성민의 귀에 플람의 말은 멀게만 들렸다. 창법에 집중하면서 이성민의 정신은 이미 펼치는 창의 궤적 속에 녹아 있었다.

이성민이 자신을 무시하고 창법만 펼쳐 대자 플람의 얼굴에 짜증이 어렸다. 그는 까득 이를 갈더니 성큼 발을 뻗었다.

쉬익!

플람의 몸이 이성민이 휘두르는 창의 궤적 사이에 끼어들었다.

움찔 놀란 이성민이 창을 멈추기도 전에 플람이 손을 움직였다.

타닥!

플람의 손이 이성민의 창을 붙잡았다.

"왜 나를 무시해?"

플람이 이성민을 노려보면서 내뱉었다. 이성민은 한숨을 쉬면서 창을 뒤로 물렸다. 이성민이 플람의 말에 대답하기 위해 허리춤의 나뭇가지를 꺼낼 때, 플람이 머리를 세차게 흔들었다.

"그냥 말해. 네 입술 모양 보고 알 수 있으니까."

재주도 좋지.

이성민은 그렇게 생각하면서 입술을 뻐끔거렸다.

너야말로 왜 나를 방해하는 거냐?

"내 마음이야."

그렇다면 널 무시하는 것도 내 마음이지.

"아니, 그건 안 돼. 너 따위가 나를 무시하면 안 된다고."

성격 참 지랄 맞다. 이성민은 한숨을 푹 내쉬었다.

너랑 별로 이야기하고 싶지 않아.

"왜? 나랑 말하면 네 보잘것없는 재능이 비참해져서?"

별로 그렇지도 않아. 네 재능은 네 것이니까. 내가 가지고 있지 않은 것에 절망했다가는 끝이 없어.

"뭘 깨달은 척을 하고 그래? 안 어울리게."

플람이 이죽거렸다. 그는 손에 잡고 있던 이성민의 창을 놓더니 몇 걸음 뒤로 물러섰다. 그러곤 보란 듯이 양손을 들어 올렸다.

"봐, 너는 이것도 못하지?"

새하얀 빛무리가 플람의 손을 휘감았다. 이성민도 몇 번인가 본 적이 있던 것이었다. 검기다.

"세상 참 불공평하지 않아? 너랑 나는 나이도 비슷한데, 나는 네가 할 수 없는 것들을 대부분 다 할 수 있어. 네가 아무리 노력한다고 해봐야 결국 굼벵이가 조금 빠르게 기어가는 것 정도밖에 안 돼."

플람이 큰 소리로 웃었다. 이성민은 그런 플람의 얼굴을 가만히 바라보았다.

이 새끼, 왜 이렇게 자꾸 지랄을 하는 걸까.

이성민은 삐딱하니 시선을 기울이며 플람을 보다가 입술을 뻐끔거렸다.

상관없어.

"거짓말."

이성민의 대답에 플람이 큰 소리로 웃는다. 한참을 웃던 플람은 손을 감싸고 있던 검기를 흩뜨리고서 머리를 가로저었다.

"의미도 없는 노력. 계속해 봐야 스스로의 못남에 절망만 할 뿐이지. 그래, 계속해 봐. 네가 절망하는 편이 더 즐거울 것 같으니까."

웃어대던 플람이 몸을 돌린다. 이성민은 더 이상 플람을 신경 쓰지 않았다. 플람은 자리를 떠났고, 이성민은 다시 창을 움직였다.

주변의 잡음이 사라지니 고요했다. 적막은 쓸쓸하지 않고 익숙했다. 이성민은 휘두르는 창의 궤적에 집중했다.

이성민이 휘두르는 창에 재능은 없었으나 갈망은 있었다. 이성민은 보다 빠른 것을 갈망했고 보다 가벼운 것을 갈망했다.

아니, 결국 이성민이 창에 담고자 하는 것은 완전한 자유였다. 무거움에 얽매이지 않는다, 속도에 얽매이지 않는다. 머릿속에 있는 구천무극창의 모든 것을 창에 담고 싶었다.

하찮다는 생각이 든다. 마음속에 담아 설정한 목표라는 것은 얼마나 낮고 하찮았는가.

위지호연을 넘는다.

그래서, 넘는다면, 그 뒤에는 어쩔 건데?

그러한 생각도 이성민의 머릿속에서 흩어져 사라졌다. 그리고 결국엔 아무것도 남지 않는다. 아니, 하나는 남았다. 전생에서는 갖지 못했던 무(武)에 대한 갈망이 머릿속에 남았다. 구천무극창, 자하신공, 무영탈혼……. 세 개의 절세신공과 익혔던 모든 무공이 이성민의 머릿속을 떠돈다.

그렇게 다시 하루가 지난다. 이틀이 지났고, 일주일이 지났고, 한 달이 지났다.

므쉬가 찾아왔다. 새로이 금제할 것을 고르라는 말에 이성민은 머뭇거림 없이 답했다.

청각.

귀에 잡음이 떠돌기 시작했다. 괴로운 금제였고 잠드는 것은 더욱 힘들어졌다.

수면이 부족해진 만큼 이성민은 창을 휘둘렀고 무공에 매진했다. 오히려 그쪽이 좋았다. 창을 휘두르고 자하신공을 운용할 때에는 잡음의 괴로움을 떠나보내게 되었다.

스칼렛과 독비준이 산을 떠났다. 그들은 이 산에서 보낸 일년 이상의 세월에서 원하던 것을 얻은 모양이었다.

이성민의 세계는 더욱 조용해졌다. 그 조용함을 떠나보내는 순간은 하나뿐이었다. 백소고와 있을 때, 혹은 가끔 플람이 찾아올 때.

플람은 이성민이 마음에 들지 않은 모양이었다. 찾아올 때마다 별 이상한 것으로 시비를 걸었고, 이성민은 그것을 무시했다.

무시는 쉬웠다. 어차피 이성민의 귀는 들리지 않았으니까. 이성민이 하도 무시를 하니 플람도 어느 순간부터는 이성민을 찾아오지 않았다.

고요함.

이성민은 잠에서 깨어났다. 언제나처럼 악몽을 꾸었다. 더이상 비명은 지르지 않게 되었지만 당장 잠들지 못하게 되는 것은 똑같았다.

이성민은 언제나처럼 창을 들었다. 또 언제나처럼 숲을 조금 걸었고, 언제나 수련터로 사용하던 공터에서 멈췄다.

백소고가 그곳에 있었다.

함께 보낸 일 년. 이성민은 일 년만큼 성장하였으나 백소고는 아니었다. 오히려 그녀는 일 년 전보다 조금 수척해졌다.

백소고가 몸을 일으켰다. 이성민이 두 개의 금제를 더 받게 되었듯 백소고도 마찬가지였다. 백소고의 왼쪽 눈은 보이지 않게 되었다. 그녀의 귀에도 이성민처럼 끝없는 잡음이 떠돌게 되었다.

악몽을 꾸었니?

백소고의 질문에 이성민은 머리를 끄덕거렸다.

이성민은 창을 들었다. 그러고는 항상 그래왔듯이, 창을 휘둘렀다.

"넌 특이해."

므쉬가 중얼거렸다. 청각의 금제를 받은 이성민의 귀에는 잡음 이외의 소리가 들리지 않게 되었지만, 므쉬의 목소리는 예외였다.

이성민은 창을 멈추고서 뒤를 돌아보았다. 므쉬가 웅크리고 앉은 모습으로 이성민을 보고 있었다.

"네가 이 산에 들어온 지 벌써 일 년 하고도 반년이 더 흘렀지. 곧 있으면 새로운 금제를 받아야 할 거야.”

벌써 시간이 그렇게 되었나.

이성민은 눈가를 가리고 있던 앞머리를 대충 옆으로 넘겼다.

다음 금제로는 무엇을 받아야 할까.

현재 이성민은 여섯 개나 되는 금제를 가지고 있었다. 그것은 전례가 없는 일이기도 했다. 이 산에 들르는 수행자는 많지만 원하던 성취를 거두고 나가는 수행자는 많지 않다.

“노 클래스 중에서 이렇게까지 하는 녀석은 처음이야.”

당연히 그럴 것이다. 어지간한 노 클래스는 이 산에서 버티는 것조차 할 수가 없다.

그렇다면 무림인이나 마법사는?

“그들은 이렇게까지 하지 않아.”

므쉬가 피식거리며 웃었다. 어지간히 독한 것이 아니라면 이 산에서 수행하려 들지 않는다. 아니, 수행하려고는 해도 버티지 못한다. 그것은 무림인이나 마법사나 똑같다. 이 산에서 버티기 위해 필요한 것은 ‘절박함’이다. 절박함이 없다면 이 산에서 버티지 않는다.

“솔직히 말하자면 나는 네가 반년도 버티지 못할 것이라고 생각했다.”

그렇겠지.

이성민은 쓰게 웃었다. 백소고의 도움이 없었더라면 반년도 버티지 못하고 도망쳤을 것이다.

"네가 한 번 죽음을 겪었기 때문일까. 너는 이 생에서 무엇을 바라기에 이렇게까지 하는 것이냐?"

므쉬는 진심으로 그것이 궁금했다. 시련과 고행의 신으로서 이 산을 지배하며 많은 수행자를 보아온 므쉬지만 이성민과 같은 인간은 처음이었다.

한 번 죽고서 과거로 돌아왔다. 죽음을 거슬러 인과율이 비틀어진 존재는 흔하지 않다.

더 나은 삶.

이성민이 입술을 뻐끔거리며 대답했다.

넘고 싶은 목표.

이어서 대답했고.

끝을 보고 싶다.

마지막으로 그렇게 대답했다. 모두가 그랬다. 확실한 목표라기보다는 간절한 바람이었다.

끝.

므쉬가 입을 벌려 중얼거렸다.

"무엇의 끝이냐?"

무공.

"필멸자이면서도 무의 끝을 바라느냐. 무언가의 끝을 보기에는 인간에게 허락된 시간은 짧다. 네가 진정 무의 끝을 보고 싶다면 필멸자의 인과를 벗어 던지고 초월자라도 되어야 할 것이다."

므쉬가 킥킥 웃으면서 말했다. 즉, 불가능하다는 말이다. 필멸의 인과라는 것은 벗고자 한다고 쉽게 벗을 수 있는 것이 아니다. 물론 필멸의 인과를 벗어낸 전례가 없는 것은 아니다.

"모든 존재는 가능성을 가지고 있지. 하지만 가능성은 가능성일 뿐이란다. 그 가능성을 개화시키는 것이 재능이고, 그러한 재능을 가진 이들을 천재라고 부른다. 그리고 그 몇 안 되는 천재 중에서도 필멸의 인과를 벗어 불멸성을 획득한 존재는 몇백 년, 몇천 년에 한 번 나올까 말까인데. 네가 그것을 할 수 있다고 보느냐?"

모른다.

할 수 없다고는 말하지 않았다. 모른다고 말했다.

이성민은 변했다. 인간은 변할 수 있다. 위지호연이 말했던 것처럼 이성민은 변했다. 스스로 재능이 없음은 알았지만 그에 패배감을 갖고 싶지는 않았다. 노력이라는 단어를 싫어했다. 그러나 지금은 제법 좋아하게 되었다.

"……너는 특이하군."

므쉬가 중얼거렸다. 그는 천천히 몸을 일으키더니 이성민에게 다가왔다.

"신은 변덕스럽지. 인격을 가진 신이라는 것은 모두 그렇지만. 그래, 이것은 어디까지나 내 변덕이다. 누설하는 것이 아닌 변덕."

므쉬가 뜻 모를 말을 중얼거렸다. 창을 휘두르던 이성민은 므쉬의 말에서 느껴지는 기묘한 위화감에 창을 멈췄다.

"그리고 혼잣말이다."

마치 다른 누군가에게 변명하는 것처럼 들렸다. 므쉬는 두 눈을 가늘게 뜨고서 이성민을 바라보았다.

"세상에 우연은 없다. 적어도 이 세상, 에리아에서는 말이다."

무슨 말이지?

이성민이 입술을 뻐끔거리며 물었다. 므쉬는 빙글 몸을 돌렸다. 이성민의 질문을 보지 않기 위해서였다.

"에리아는 이유 없이 전 차원에서 인간을 소환시킨다. 소환되는 인간도 다양하고, 에리아는 이 세계에 소환된 인간에게 아무것도 시키지 않아. 살아갈 것. 그것이 전부지."

그에 대해서는…… 이성민도 알고 있다. 이 빌어먹을 세계가 얼마나 불친절한가에 대해서.

그런데 왜 갑자기 저런 말을?

이성민은 머리를 갸웃거리면서 므쉬의 등을 보았다.

"그런 주제에 모든 이계인에게는 똑같은 특혜가 적용되지. '스킬'. 무언가에 대한 학습을 아주 쉽게 만들어주는 편리한 특혜지. 그것이 존재하는 것은 그럴 만한 이유가 있기 때문이다."

무슨 말을 하는 거야?

이성민은 마음속으로 강한 의문을 느꼈으나 므쉬에게 캐물을 수가 없었다. 므쉬의 태도를 보아하니 물어도 대답해 줄 것 같지가 않았고, 결정적으로는 물어봐서는 안 된다는 직감이 들었기 때문이었다.

"그래, 모든 것에는 이유가 있는 법이다. 인과율이 비틀어진 것에 이유가 있듯이 과거로 돌아온 것이라면 과거로 돌아와야 할 이유가 있는 것이지. 비록 그것이 잘 포장된 우연처럼 보일지라도 말이야."

뭔가가 있다. 이성민은 입을 다물었다. 므쉬는 여전히 이성민을 보고 있지 않았다. 므쉬가 앞서 말하였듯이 이것은 므쉬의 혼잣말이었다.

"돌아오기 시작했다면 돌아와야 할 만한 일이 벌어진다는 것이겠지. 돌아왔다면 준비해야 할 것이다. 돌아온 이유에 걸맞은 존재가 되기 위해."

자아, 여기까지.

므쉬가 중얼거렸다. 그녀는 말을 멈추었으나 이성민을 다시 돌아보지는 않았다. 대신에 므쉬는 눈가를 찡그리며 하늘을 노려보았다.

"그만둬. 이곳은 나의 영역이다. 공멸하고 싶은 것이 아니라면 오지 않는 것이 좋아."

므쉬가 작은 목소리로 경고했다. 뭔가…… 싸늘함이 느껴졌다. 이성민은 헉하고 숨을 삼켰다. 므쉬가 몸을 돌렸을 때, 이성민이 느끼고 있던 싸늘함은 사라졌다.

"이 산을 나가 언젠가 기회가 된다면 '드리무어'로 가라. 그곳에 있는 '시간의 신' 데니르에게 므쉬가 보내서 왔다고 말을 하여라."

시간의 신? 그게 뭐지?

이성민이 입술을 뻐끔거리며 물었다. 이성민에게는 전생에서 살았던 기억이 있었으나, 시간의 신이라는 존재는 들어본 적이 없었다. 므쉬가 피식거리며 웃더니 이성민에게 손을 뻗었다.

"하긴, 인간은 모르겠군."

므쉬의 중얼거림과 함께 이성민의 머릿속이 확 하고 밝아졌다. 이성민은 비틀거리면서 머리를 손으로 짚었다. 이성민이 겪어보지 않은 모르는 기억이 이성민의 머릿속 한구석에 단단히 박혀 있었다.

이성민은 드리무어라는 도시를 몰랐으나, 드리무어라는 도시가 어떤 곳인지 떠올릴 수 있게 되었다. 또한, 그곳에서 숨어 살아가는 시간의 신 데니르의 존재 역시 알게 되었다.

왜 나에게 이런 것을?

이성민이 물었다. 그 질문에 므쉬가 키득거리며 웃었다.

"말하지 않았느냐, 인격을 가진 신은 변덕쟁이라고. 단순한 변덕이다. 내가 혼잣말을 하고 싶어 혼잣말을 늘어놓은 것처럼 말이지."

므쉬는 그렇게 말하면서 다시 자리에 웅크리고 앉았다.

"너는 제법 재미있고 흥미로운 존재야. 가능성이라고는 없어 보이는데…… 왜 네가 다시 돌아온 것일까? 무언가 착오가 있던 것이 아닐까 싶기도 하였으나, 이 세상에 우연 따위는 존재하지 않는다는 것을 신인 나는 잘 알고 있어. ……또한, 너는 나의 시련을 이겨냈지."

시련? 이 산에서 살아가는 것 말인가?

이성민이 머리를 갸웃거렸다. 그래, 이 산에서 살아가는 것은 시련이라고 하기에 충분할 만큼 가혹했다. 특히나 금제가 늘어날수록 하루하루가 힘들어진다.

"플람."

므쉬가 입을 열었다.

"플람의 존재가 곧 므쉬의 시련이니라."

들은 순간엔 무슨 말인지 이해하지 못했다.

플람. 이 산에서 가장 오랫동안 살아온 수행자.

백소고도, 독비준도 말했었다. 플람과는 만나지 말라고, 만나면 절망하게 된다고.

그 말은 사실이었다. 플람과 처음 만났을 때 이성민은 절망했다. 가지고 있는 재능의 차이에, 진짜배기 천재가 가지고 있는 찬란한 재능에 절망했다.

"플람은 이 산의 수행자를 절망시키기 위해 존재하는 므쉬의 시련 그 자체. 그에 절망하지 않은 인간이 발버둥 치고 가능성을 위해 전진하지. 너는…… 내 예상보다 잘해주었다. 천재가 아니면서도 천재에게 뒤처지지 않기 위해 더욱 가혹한 시련에 네 몸을 던졌지. 정답이 아닌 무식한 방법이었지만, 그렇다고 해서 오답인 것도 아니야. 오히려 나는 너의 그 무식한 대답이 마음에 들었다."

짚이는 바가 있었다.

이성민이 가진 전생의 기억에서 플람이라는 이름은 없었다. 생각해 보면 참 기묘한 일이었다. 플람이 가진 천재성과 성격을 본다면 이 산을 나가서 쉽게 이름을 떨칠 수 있었을 것이다.

그런데 왜 플람에 대한 소문은 들어보지 못했던 것일까.

플람은 무엇을 위해 이 산에서 수행하는 것이고, 그리도 오랜 시간 살았으면서 왜 겉으로 보기에는 아무런 금제를 받지 않은 것처럼 보였던 것일까.

쉬운 대답이었다. 플람은 애초에 실존하지 않는 인간이다.

이 산에서 살아가는 수행자를 절망시키기 위해 존재하는 므쉬의 시련. 그것이 플람의 존재였다.

언제나…… 그랬다. 플람은 이성민을 찾아올 때마다 이성민을 절망시키려 들었다. 이성민의 노력을 비웃었고, 이성민의 수행을 비웃었다. 너는 재능이 없으니까 하지 말라고. 네가 아무리 노력한다고 해도 천재를 따라올 수는 없는 것이라고 비웃었다. 그 오만하기 짝이 없는 화법은 철저하게 이성민의 절망만을 바라는 것처럼 보였었다.

그런…… 가.

이성민은 입술을 뻐끔거리며 대답했다.

알게…… 되었다. 플람은 애초에 그러라고 있는 존재였다. 수행자를 절망시키는 것만을 목적으로 둔 시련이었다.

그러고 보니 언제부턴가 플람은 더 이상 나타나지 않았다. 이성민이 더 이상 절망하지 않게 되었을 때부터였다.

"너는 잘해주었다."

므쉬가 웃으면서 말했다.

"너에게 알려준 것은…… 시련을 이겨낸 것에 대한 보상이라고 생각하여라. 물론, 내가 준 보상을 통해 네가 무엇을 얻게 될지는 너에게 달려 있지."

므쉬가 몸을 일으켰다.

"백소고, 그 벙어리에게 플람의 정체에 대해 전하지는 말아라. 만약 그리한다면 나는 너희 둘을 이 산에서 쫓아내야 하니까."

므쉬는 그 말을 남기고 사라졌다. 이성민은 한동안 가만히 서서 므쉬가 했던 말을 머릿속에 정리해 보았다.

우연 따위는 없다. 이 세계에 소환된 이계인은 소환해야 할 만한 이유가 있기 때문에 소환된 것이다. 마찬가지로 과거로 돌아오게 되었다면, 돌아와야 할 이유가 있기 때문에 돌아오게 된 것이다.

'나에게?'

이성민은 멍하니 자신의 손을 내려 보았다.

이류 무인, C급 용병. 아무것도 가지지 못하고 시작한 노 클래스. 시궁창에서 살아온 13년.

그런 삶을 살았던 나에게, 돌아와야 할 이유가 있었다는 것인가?

의문 속에서 하나.

돌아왔다면 준비해야 할 것이다. 돌아온 이유에 걸맞은 존재가 되기 위해.

므쉬가 했던 말이 머릿속을 맴돌았다. 이성민은 말없이 창을 들었다. 걸맞은 존재가 되기 위해서는 아닐지라도, 이성민은 보고자 하는 끝이 있었다.

구천무극창이 펼쳐졌다.

4장
하산

여섯 번째 금제.

이성민이 선택한 금제는 후각이었다. 미각이 그러했듯이, 후각의 금제는 '아무 냄새도 맡지 못하는 것'으로 적용되지는 않았다.

사람은 악취만으로도 토할 수 있다. 이성민은 그것을 너무나도 잘 알게 되었다.

후각의 금제를 받은 첫날. 콧속 깊이 파고들어 오는 역겨운 악취에 이성민은 몇 번이나 토악질을 했다. 역겨운 맛을 느껴 토하게 되는 것보다 역겨운 냄새에 토하는 것이 더욱 괴로웠다.

후각과 미각의 금제가 서로 어우러지면서 식사는 더, 더, 더 끔찍해졌다. 하지만 먹었다. 토악질을 삼키면서, 눈을 질끈 감고, 입안에 느껴지는 맛과 코로 들어오는 냄새를 무시하려 애쓰면서.

굳이 후각을 택해야 했었나?

백소고가 물었다. 백소고는 초췌한 모습이었다. 현재 백소고는 여섯 개의 금제를 받고 있었다.

이성민이 처음 만났을 적에 백소고는 말을 할 수 없었고, 전음을 보낼 수 없으며, 왼팔을 사용할 수 없었다.

그 후에 추가적으로 세 개의 금제를 더 받았다. 지금의 백소고는 왼쪽 눈을 쓰지 못했고 귓가에는 노이즈가 떠돌게 되었다.

그리고 미각.

백소고는 식사의 끔찍함을 알았다. 초췌해질 수밖에 없었다. 이성민은 백소고의 물음에 쓰게 웃으면서 답했다.

가혹할수록 좋으니까요.

이성민의 말에 백소고는 더 이상 아무것도 묻지 않았다. 금제가 가혹할수록 고행에 의미가 있다는 것은 백소고도 잘 알고 있다.

하지만 사람이라는 것은, 때로는 답을 알고 있어도 그 답을 택하지 않는다. 너무 괴롭다는 것을 잘 알고 있기 때문이다.

그래, 사람은 그렇다. 아무리 그것이 정답이라고 해도 그 정답을 택하기 위해 끔찍한 고통이 동반된다면 그를 피하기 위해 정답이 아닌 다른 답을 선택한다.

백소고도 그랬다. 그녀가 처음에 선택했던 두 개의 금제는 목소리와 전음이다. 그것은 크게 괴롭지는 않았다. 백소고는 본래부터 그리 말이 많은 성격이 아니었고, 대화가 필요하다면 글자를 적어서 말하면 된다.

왼팔을 사용하지 못하게 되었을 때도 불편하기는 했지만 크게 괴롭지는 않았다. 오른팔을 대신해서 사용하면 된다. 왼쪽 눈도 마찬가지였다.

하지만 미각과 청각은 달랐다. 감각이 제멋대로 날뛴다는 것이 얼마나 끔찍한 것인지…… 백소고는 절감하고 있었다.

솔직히 후회도 많이 했다. 차라리 다른 금제를 택할 것을. 그런 후회였다.

사실 백소고는 이 정도의 가혹한 고행을 택할 이유가 없었다. 백소고에게는 재능이 있었다. 플람은 애초에 므쉬의 아바타, 시련 그 자체였기 때문에 비교가 안 되지만 백소고도 충분히 천재라는 범주에 드는 인간이었다.

하지만 이성민은 다르다. 그는 천재가 아니었기에 가혹한 고행을 해야만 했다. 거기서 차이가 만들어진다. 백소고는 플람이라는 시련을 극복하지 못했다.

이성민이 절망을 받아들이고 스스로의 길을 개척하였다면 백소고는 외면을 택했다.

얄궂기 짝이 없는 일이었다. 재능이 없는 이성민이 천재성에 절망하는 대신에 극복하였는데, 천재인 백소고는 자신보다 더한 천재성을 외면해 버렸다.

사제에게 할 말이 있어.

이성민은 백소고에게 플람의 정체에 대해 말해줄 수가 없었다. 므쉬가 했던 말 때문이었다.

백소고는…… 플람이라는 절망을 극복했을까.

이성민은 그것이 궁금했으나 백소고에게 직접 물어볼 수는 없었다.

무슨!

슬슬 이 산을 나갈까 해.

백소고가 대답했다. 조금…… 놀라기는 했지만, 당황하지는 않았다. 백소고가 이 산에 들어온 지 벌써 2년이 넘어간다.

햇수로는 그리 긴 시간이 아닌 것처럼 보이지만, 이 산에서 해온 고행과 백소고의 재능을 생각한다면, 2년이라는 수행 동안 백소고가 원하던 경지에는 도달했을 것이다.

그렇군요.

이성민은 호흡을 고르고서 글자를 적었다. 폐 안 가득 찬 악취가 역겹다. 백소고가 산을 나간다. 그렇게 된다면 이 산에서 남아 있는 오래된 수행자는 이성민밖에 남지 않는다.

너와 플람, 단둘이 두고 가는 것이 마음에 걸리기는 하지만. ……아니면 나와 함께 산을 나갈래?

아뇨, 저는 아직 이 산에 남고 싶습니다.

이성민이 대답했다. 백소고의 대답을 통해 알았다. 그녀가 아직 플람의 정체를 알지 못한다는 것을.

……그런가.

백소고가 머리를 끄덕거렸다. 그녀는 더 이상 권하지 않았다. 마찬가지로 이성민도 백소고를 말리지 않았다. 백소고의 성격상 이성민이 조금 더 남아달라고 말린다면 틀림없이 이 산에 남을 것이다. 그럴 것이라고 알고는 있었지만, 말하지 않았다. 백소고에게도 해야 할 일이 있을 테니까.

지금 당장?

응.

백소고가 머리를 끄덕거렸다. 이성민은 잠깐 동안 침묵하고 있다가 물었다.

다음에 또 만날 수 있을까요.

만날 수 있겠지. 아마 나는 산을 내려가서 떠돌겠지만…… 만날 수 있을 거야. 틀림없이.

백소고가 쓰게 웃으면서 답했다. 아니, 틀림없이 만날 수 있다. 앞으로 7년 후에 이성민이 백소고를 만나러 갈 테니까.

사제는 앞으로 얼마나 이 산에 남아 있을 생각이지?

모르겠습니다.

이성민이 대답했다. 본래 이 산에 들어와서 예정에 두었던 것은 2년이었다. 2년을 보낸 뒤에 베헨게르로 가서 용병이 될 생각이었다.

하지만 지금은 모르겠다. 베헨게르로 간다고 해도 당장 이성민이 해야 할 일은 없다. 그나마 할 수 있는 일은 전생의 기억을 토대로 하여 자리를 잡는 것이었는데, 만족할 수가 없었다.

아직 도달하고자 하는 경지에 도달하지 못했다. 평생을 이 산에 산다고 해도 무의 끝을 볼 수 있으리란 확신은 없었지만, 당장 목표로 하고 있는 곳에는 도달하고 싶었다.

……너무 무리하지는 마.

백소고는 한참을 머뭇거리다가 간신히 그 말을 적었다.

백소고의 마음은 편하지 않았다. 피차 똑같다. 노 클래스도, 무림인도, 마법사도. 이 불친절한 세계에 갑자기 소환된 처지인 것이다. 가족도, 친구도 잃었다.

사제.

백소고는 어린 사제를 바라보았다. 처음 만나고서 벌써 일 년이 훌쩍 지났다. 일 년이라는 시간 사이에 어린 사제는 제법 몸이 커졌다.

끔찍하기 짝이 없는 미각의 금제를 받으면서도 이성민은 식사를 거르지 않았다. 아직 성장하지 못한 몸을 장성하게 만들기 위함이었다. 그 노력은 제법 결실을 거두었고 이성민은 이제 백소고와 비슷한 정도의 키까지 성장했다.

마음고생을 많이 한 탓인지 이성민의 얼굴은 나이보다 늙어 보였다. 그래도 아직 앳된 티가 조금 묻어 있기는 했다.

백소고는 씁쓸한 기분을 느끼며 한숨을 내쉬었다. 조금 더 도와주고 싶었다. 곁에서 조언해 주고 싶었다. 사실 여태까지 백소고가 이성민에게 도움을 주지 않았고, 조언을 해주지 않았던 것은 아니다. 단지, 더 많이 해주고 싶었을 뿐이다.

난 괜찮습니다.

이성민이 글을 적었다.

사저의 도움이 없었더라면 나는 이 산에서 몇 달도 버티지 못했을 겁니다. 사저의 선의가 있었기에 지금의 내가 있을 수 있던 것입니다.

전생의 이성민은 이런 기분을 느껴본 적이 없었다. 위지호연에게 감사를 느꼈듯이, 이성민은 백소고에게 감사를 느꼈다.

감사합니다, 사저.

이성민이 글을 적었다. 백소고는 침묵하고 있다가 천천히 이성민에게 다가갔다. 백소고가 오른팔을 뻗어 이성민을 끌어안았다. 이성민은 당황하여 백소고의 품 안에서 벗어나려 했지만, 백소고는 이성민이 벗어나도록 놓아주지 않았다.

한동안…… 백소고는 이성민을 그렇게 안고 있었다. 백소고의 오른손이 이성민의 등을 천천히 쓸어내린다.

이성민은 그녀의 손길과 코끝을 간질이는 백소고의 머리카락과 닿아 있는 백소고의 몸에서 느껴지는 온기를 느꼈다. 얼굴이 화끈거려왔다.

사제.

백소고가 이성민의 몸을 놓아주었다. 백소고는 나뭇가지를 들어 바닥에 글을 적었다.

사제는 잘할 수 있을 거야. 사제는…… 내가 본 사람 중에서 가장 단단하니까.

단단하다는 것이 무슨 뜻입니까?

부서지지 않는다는 것.

백소고가 대답했다.

사제는 포기하지 않았어. 플람을 만나고 절망하였지만, 그래도 포기하지는 않았어. 그건…… 대단하다고 생각해. 포기하지 않고, 계속해서 노력했지. 사제는 대단해.

별로 그렇지도 않습니다.

이성민은 쓰게 웃으면서 대답했다.

단단하다. 부서지지 않는다. 그 말은…… 틀리다고 생각한다. 이미 이성민은 몇 번이고 부서졌다. 부서지면서, 어떻게든 버텨왔을 뿐이다.

나는 단단하지 않습니다. 이미 몇 번이나 부서졌습니다. 어쩌면 지금도, 그리고 또 앞으로도.

단단하지 않아도 좋아. 몇 번을 부서졌다고 해도 상관없어. 거기서 좌절하지 않는다는 것이 중요한 거야. 사제는…… 대단해.

백소고가 머리를 가로저으면서 글을 적었다.

사제, 나는 신을 믿지 않아.

그 말은 조금 모순되게 느껴졌다. 이곳은 므쉬의 산. 시련과 고행을 관장하는 신이 존재하는 산이다. 이 산에서 수행하고 있으면서도 신을 믿지 않는다니.

하지만 신에게 기도하고 싶어. 사제가 원하는 바를 이룰 수 있기를. 사제가 완전히 부서지지 않기를.

백소고는 그 말을 마지막으로 나뭇가지를 내려놓았다. 이성민은 뭐라고 더 말을 하고 싶었지만, 백소고가 나뭇가지를 내려놓은 것을 보고서 대화를 그만두었다.

여기까지다. 백소고는 평온한 얼굴이었다. 더 이상 이야기를 나눈다면 서로에게 미련이 남을 것이다.

"그럼, 사제."

백소고의 입술이 열렸다. 금제가 끝난다. 감겨 있던 왼쪽 눈동자가 뜨여졌고, 축 늘어져 있던 왼쪽 팔이 움직인다.

백소고는 천천히 숨을 들이켰다. 그녀는 조금 낮은 목소리로,

"다음에, 어딘가에서 또 만날 수 있기를."

이성민에게 작별을 고했다.

백소고가 떠났다.

언제부터인가 이성민은 백소고와 함께 밥을 먹었었다. 이성민이 무공을 수행할 적에는 언제나 곁에 백소고가 있었다. 백소고는 이성민의 무공을 봐줬고, 이성민에게 조언을 해주

었다. 위지호연이 그러했듯이 백소고는 이성민에게 많은 것을 가르쳐 주었다.

백소고는 선한 사람이었다. 위지호연의 가르침이 가혹했다면 백소고의 가르침은 상냥했다. 둘의 가르침을 비교할 생각은 아니지만 둘의 가르침은 방향성이 달랐고, 둘 모두 이성민에게 많은 도움을 주었다.

그런 백소고가 떠났다. 위지호연이 떠난 것처럼.

이성민은 조용히 산을 걸었다.

외롭다…… 라는 기분. 그런 기분을 느끼는 것은 굉장히 오랜만이었다. 위지호연과 헤어졌을 때에도 외로움을 느끼기는 했다. 하지만 위지호연과 헤어졌을 때 이성민의 곁에는 다른 사람들이 있었다. 한스가 있었고, 잭이 있었고, 루라가 있었다.

하지만 지금은 아니다. 이 산에는 아무도 없다. 다른 수행자들도 있겠지만 이성민은 그들과 만날 생각이 없었다.

독비준과 스칼렛은 벌써 몇 달 전에 이 산을 나갔다. 오늘 백소고도 산을 나갔다. 이성민은 사람이 그립다는 기분을 느꼈다.

사람은 혼자서 살아갈 수 없다. 의와 도리에서 벗어나지 마라. 은혜를 잊지 마라.

은혜를 잊지 말란 말은 이전에도 들었었다. 제나비스의 노점상인 잭에게…… 들었었다. 사람은 혼자서 살아갈 수 없다. 처음 백소고에게 이 말을 들었을 때에는 납득할 수 없었으나 지금은 아니었다. 혼자라면 지금까지 살아올 수 없었을 것이다.

'아.'

이성민은 걸음을 멈추었다. 머릿속을 떠도는 생각을 하나하나 떠올리고 관조하여 마음에 담는다.

그러는 동안 이미 밤이 되었다. 몸은 무거웠고 귀에는 잡음이 떠돌며 코에는 악취가 스며든다. 그래, 평소와 다를 것 없는 '나'다.

그런데 다르다. 마음속의 무언가가 변했다. 무너지지 않게 두었던 벽이 허물어진다. 머릿속이 확 하고 뜨이면서 이성민의 의식은 붕 떠올랐다.

그것은 짧으면서 긴 여운을 가진 해방감이었다. 이성민은 크게 숨을 들이켰다. 그 순간은 악취도 없었고 무거움도 없었고 잡음도 없었다.

'나'가 달라지면서 세상이 변한다.

외로움과 고독 속에서 이성민은 웃었다.

백소고가 하산하고서 이성민은 완전히 혼자가 되었다. 잡음과 악취가 떠도는 일상 속에서 이성민의 몸은 여전히 무거웠다. 매일매일 꾸는 악몽은 매번 그 형태를 바꾸었고, 그것이 거듭되면서 이성민은 악몽을 기억하게 되었다.

꾸는 악몽은 다양했다. 수많은 괴물과 싸우다 결국에 힘이

다해 사지가 뜯겨 죽는 꿈도 꾸어보았고, 괴물을 피해 거대한 미로를 떠도는 꿈도 꾸어보았다. 그냥 무작정 도망 다니는 꿈도, 끝없이 추락하는 꿈도, 고문당하는 꿈도.

꿈속에서는 아픔을 느끼지 못한다. 만약 누군가가 그런 말을 한다면 이성민은 일단 앞뒤 가리지 않고서 놈의 면상을 한 대 갈겨주겠노라고 마음먹게 되었다.

또렷한 악몽 속에서 이성민은 아픔을 느꼈다. 물론 그 아픔은 꿈에서 깨어난다면 사라진다. 꿈은 꿈이고, 현실은 현실이기 때문이다. 다만 기억은 그대로 잔존했다. 꿈속에서 악몽을 자각한다고 해도 악몽의 형태는 변하지 않았다.

그중 가장 견디기 어려운 악몽은.

"너는 아무것도 변하지 않았군."

위지호연과의 재회가 악몽으로 나타났다. 악몽 속에서의 시간은 이미 10년을 모두 채웠고, 이성민과 위지호연은 루베스에서 재회했다.

다시 만나게 된 위지호연의 모습은…… 이성민이 상상했던 모습 그대로였다. 하지만 이성민은 아무것도 변하지 않았다. 악몽 속의 위지호연이 이성민이 상상했던 10년 뒤의 모습이었다면 이성민은 아무것도 변하지 않은 모습이었다.

"너는 10년 동안 무엇을 했지?"

그 말에 대답한다. 할 수 있는 모든 것을 하였노라고. 최선을 다했다고. 하지만 그러한 외침으로 악몽 속의 위지호연은 설득되지 않는다. 그녀는 싸늘함이 느껴지는 시선으로 이성민을 한 번 보고선.

"그게 네 한계였나."

그렇게 중얼거릴 뿐.

아픔은 없는 악몽이었으나 정신적인 고통이 오래갔다.

이성민이 진정 두려워하던 미래가 악몽으로 발현된 것이기에, 그 악몽을 처음 꾸었을 때 이성민은 스스로의 무력함과 불확실한 미래에 대해 공포를 느꼈다.

정말로…… 위지호연과 재회하게 되었을 때 저렇게 되면 어떡하지.

패티그 리커버리. 멘탈 클리닝. 마법은 어디까지나 임시방편일 뿐. 거듭해서 꾸는 악몽을 이겨내는 것은 불가능하다. 그리고 악몽은 계속된다.

백소고의 죽음을 막지 못했다.

그런 꿈이었다. 괴로운 꿈이었다.

백소고의 죽음을 막고 싶다. 그 던전에서 무슨 일이 있었던 것인지는 정확히 모른다. 이성민은 그 던전에 없었으니까. 하지만 확실한 것은, 앞으로 7년 뒤에 백소고는 위지호연과 같은 던전에 들어간다. 그리고 그곳에서 죽는다.

이성민은 위지호연을 악인(惡人)이라고 생각할 수는 없었다. 하지만 그렇다고 해서 위지호연은 선인(善人)도 아니었다. 굳이 색으로 분류하자면⋯⋯ 위지호연은 회색이라고 생각한다.

그래야 할 상황이 된다면 위지호연은 살인에 망설임을 갖지 않는다.

그 던전에서 무슨 일이 벌어진 것인지는 모른다. 다만 그 던전에서 위지호연이 다른 이들을 죽여야 할 상황이 만들어졌던 것은 분명하다.

'나는.'

이성민은 지끈거리는 두통을 억눌렀다.

멘탈 클리닝.

거듭해서 펼친 마법에 정신이 적응한 것일까. 아니면 악몽이 강해진 것일까. 머리의 지끈거림은 가시지 않는다.

'위지호연을 막을 정도로 강해져야 해.'

정답이라고는 할 수 없다. 정답은⋯⋯ 백소고가 아예 그 던전에 가지 못하도록 막는 것이다. 하지만 사람 일이라는 것이 생각처럼 되지는 않을 것임을 이성민은 잘 알고 있었다. 그러니 최악을 준비해야 한다.

위지호연을 이기는 것은 바라지 않는다. 백소고의 죽음을 막을 정도만이라도.

앞으로 남은 시간은 고작해야 7년 남짓이었다.

짧다.

여름이 되었다. 매미가 울기 시작했다. 물론 이성민은 매미의 울음을 들을 수가 없었다.

하지만…… 나무에 달라붙어 열심히 몸을 떠는 매미는 볼 수 있었다. 귀에 떠도는 잡음은 잘 쳐준다면 매미의 울음과 닮았다고 할 정도는 되었다.

매미의 유충은 매미가 되기 위해 10년이 넘는 세월을 땅속에 지낸다.

그래, 고작 벌레 따위도 장성하기 위해서 그만한 세월을 보낸단 말이다.

7년. 유충이 매미가 되기에도 짧은 시간 아닌가. 유충이 아닌 나는 7년 동안 어디까지 할 수 있을까.

아니, 할 수 있을까가 아니다. 해야 한다. 해야만 했다.

잡음이 떠도는 산은 고요함과는 거리가 멀었다. 무거운 몸뚱이와 끔찍한 식사, 그리고 악취는 전혀 편안하지 않았다.

매일 꾸는 악몽은 하루를 더 길게 만들었다.

아무도 없다. 산에 수행자가 더 들어왔을지도 모르는 일이고, 누군가가 산을 나갔을지도 모르는 일이었지만. 이성민은 그들에게 신경 쓰지 않았다.

이성민이 변하면서 세상도 변했다.

운기는 이전보다 편안했고 기혈을 흐르는 내공에는 막힘이 없었다. 매일 펼치는 창법의 기본기는 손에 익었고, 구천무극창의 경지는 더 높아졌으며, 무영탈혼을 펼칠 때에는 자그마한 자유를 느꼈다.

부족했다.

더 많은 것을 바라게 되었다. 그만큼 이성민이 보내는 하루의 밀도는 높아졌다.

잠을 줄였다. 어차피 악몽 때문에 제대로 잘 수도 없었다. 잠을 자지 않은 만큼 수행을 했다. 몸의 무거움은 나날이 갈수록 더해졌지만 이성민이 펼치는 무영탈혼은 보다 더 빨라졌고 창법은 날카로워졌다.

그리고 다음 금제.

이성민은 금제를 견디기 위해 준비를 해놓았다. 주변의 지리를 모두 파악했고 눈을 감고서도 걸을 수 있을 정도로 지리에 익숙해졌다. 아공간 포켓 가득 식량을 넣어두었고, 그로도 모자라 장시간 썩지 않도록 고기를 훈연해 놓았다.

두 눈의 금제를 받았다. 세계가 시커멓게 물들었다. 청각이나 후각에 의존할 수는 없었다. 이성민이 의존할 수 있는 감각은 촉각뿐이었다.

피부에 닿는 바람을 느끼려 했다. 말처럼 쉽지는 않았다. 감각이 보다 더 날카로워야 했다.

자하신공에 매진했다. 역겨운 맛이 느껴지는 보존식을 먹으면서 버텼다.

일주일이 지났을 때야 조금씩 움직이는 것이 가능했다.

바닥에 글을 적기 위해 들고 다니던 나무 막대가 이성민의 새로운 눈이 되었다. 바닥을 짚으면서 걷다가 주변을 향해 손을 휘젓는다. 바람을 느끼려 했다. 피부에 닿는 바람을.

한 달이 넘어 준비해 둔 식량이 떨어질 즈음에야 사냥에 성공했다.

기뻤다. 이성민의 주변에는 그를 칭찬해 줄 사람이 누구 하나 남지 않아 있었지만, 이성민은 스스로 해내었다는 사실에 홀로 기뻐하고 만족했다. 가치 있는 사냥이었으나 음식의 맛은 여전히 역겨웠다.

맴맴.

맴맴맴.

귓가를 떠도는 잡음은 끝나지 않는 매미의 울음이었다. 가끔 그것은 비명이 되기도 했고 절규가 되기도 했다. 비명은 백소고의 목소리로 들렸고, 절규는 이성민 본인의 목소리였다.

보이지 않는 두 눈이 담은 시커먼 어둠은 악몽을 만들어냈고, 이성민은 어느 순간부터 시간의 흐름을 잊었다. 그는 스스로 기계가 되기를 갈망했다. 움직이는 기계, 무공을 펼치는 기계.

시커먼 세계에서 이성민은 스스로 펼치는 창법의 형태를 볼 수가 없었다.

내가 휘두르는 창은 어디로 향하는가. 창의 궤적은 어떤가. 무영탈혼을 펼쳤을 때 내 몸은 어디로 가는가. 어디로 나는가.

그저 날고 싶은 뿐인가. 매미가 되고 싶은 것인가. 긴 세월 땅에 웅크려 있다가 바깥으로 나와 시끄러이 울다 죽는 그런 매미를 바라는가.

아니, 이성민은 귀에 아른거리는 매미의 울음을 증오하여 발작했다. 매미 따위는 되고 싶지 않았다. 이성민이 되고 싶은 것은, 되고 싶었던 것은. 그가 바라는 것은 더, 더, 더…… 큰.

무엇이지?

나는 무엇이 되고 싶었던 것일까. 나는 무엇을 위해 이런 일을 하고 있는 것일까. 나는 무엇을 위해 이곳에 있는 것일까. 나는 무엇을 위해 돌아온 것일까.

나는.

피부에 닿는 바람의 온도가 바뀌었다. 겨울이 되었다.

이성민의 일상은 변하지 않았다. 시커먼 세계에서 이성민은 언제나 움직였다.

그는 능숙하게 겨울을 준비했다. 사냥은 더 이상 어렵지 않았다. 시커먼 세계에서 이성민은 고독하고 외로웠으나 살아감과 수행은 포기하지 않았다.

다시 바람이 바뀌었다. 겨울에서 봄이 되었다. 또 봄이 여름이 되었다.

2년이 지났다. 므쉬가 금제를 추가해야 한다 하기에, 이성민은 씻는 것의 금제를 받았다. 어차피 코에는 언제나 악취가 감돌고 있어 상관없다고 생각했다.

그렇게 반년이 지나고, 이성민은 갈아입는 것의 금제를 받았다. 변하는 바람의 온도와 므쉬가 찾아오는 것만이 이성민이 시간의 흐름을 느낄 수 있는 징표들이었다.

그렇게 3년이 되었을 때.

때가 되었다.

므쉬.

이성민은 입술을 뻐끔거리며 그녀를 불렀다.

[무슨 일이냐.]

므쉬가 이성민의 정신에 대고 말했다. 이성민은 천천히 호흡을 고른 뒤에 말했다.

수행을 끝내고 싶다.

므쉬는 즉답하지 않았다. 거적때기를 몸에 두른 시련과 고행의 신은 자신의 앞에 서 있는 수행자를 바라보았다.

3년.

3년이라는 시간 동안 이 산에서 버티는 것이 가혹한 것은 계속해서 금제가 추가되기 때문이다.

플람이라는 시련은 계속해서 수행자를 찾아와 정신적으로 압박하고, 수행자는 금제 속에서 발버둥 친다.

이 산에 들어온 모든 수행자가 원하는 것을 얻을 수 있는 것은 아니다. 대부분은 얻기도 전에 포기한다. 버티지 못한다.

저 수행자는…… 인과율이 비틀어진 저 인간은, 독했다.

이성민이 최근 이 산에서 보낸 일 년은 생존 자체가 불가능하지 않을까 싶을 정도로 가혹했었다. 그럼에도 버텼다.

"너는 원하는 것을 얻었느냐?"

므쉬가 물었다. 이성민은 대답하지 않았다. 짧고도 긴 침묵을 가진 뒤, 이성민은 입술을 뻐끔거렸다.

내가 천재였다면 얻었을지도.

천재가 아닌 이성민은 원하는 것을 얻지 못했다는 것인가. 씁쓸한 현실 아닌가. 결국 가진 한계를 극복하는 것이 불가능하단 것인가.

그래도 조금은 보였어.

이성민이 중얼거렸다. 그것에 만족하지는 않았다. 더, 더 많은 것을 바란다. 이성민은 자신이 과거로 돌아왔음에 감사했다. 죽음을 극복한 것에 감사했다. 그렇기에 이런 기분을 느끼게 될 수 있었다.

"이 산의 수행이 너에게 가치가 있었다고 생각하느냐."

이 산에 들어오지 않았더라면 나는 이렇게 되지 못했을 거야.

그 대답이 므쉬는 썩 마음에 들었다. 그녀는 가볍게 손을 휘저어 이성민의 몸에 묶여 있던 금제를 풀어냈다.

모든 금제가 사라졌을 때, 이성민은 살짝 휘청거렸다. 3년. 3년 동안 느껴온 몸의 무거움이 사라진 것이다. 그 당연한 가벼움이 이성민은 어색했다. 언제나 맡던 악취가 사라진다. 귀에서의 잡음이 사라진다. 감고 있던 눈이 뜨여진다.

"……아."

이성민은 오랜만에 자신의 목소리를 냈다.

"반가운 기분이야."

이성민은 므쉬를 바라보며 쓰게 웃었다. 3년 만에 느끼는 금제 없는 자유는 어색하면서도 반가웠다. 이성민은 두 눈을 깜박거리면서 자신의 몸을 내려 보았다. 끔찍한 몰골이었다. 거의 일 년 가까이 씻지도 갈아입지도 않고 살았다.

하지만 악취에는 익숙했다. 언제나 악취가 달려 있던 코를 가지고 있었으니까. 다만 보기 그리 좋지 않았을 뿐이다.

이성민은 가만히 발을 들어 올려 보았다. 발끝이…… 가볍다. 발뿐만이 아니다. 온몸이 가벼웠다. 이성민은 몇 걸음 걸어보았고 작게 웃음소리를 냈다.

"그리고 신기해."

그렇게 중얼거렸다. 더 이상 잡음이 들리지 않는 귀에는 여전한 매미 소리가 들렸다. 진짜 매미의 울음소리였다.

"너에게 무엇을 줘야 할까."

므쉬가 중얼거렸다. 그 말에 이성민은 므쉬를 돌아보았다. 므쉬는 팔짱을 끼고서 삐딱한 모습으로 서 있었다. 이성민은 고민하고 있는 므쉬의 얼굴을 보며 머리를 갸웃거렸다.

"무엇을 주다니?"

"너는 이 산의 시련을 극복하고 고행을 견뎌냈다. 3년. 최근 이 산에 들어온 이들 중에서 너만큼 오랜 시간을 버틴 이는 없었어. 그리고 너보다 많은 금제를 견딘 사람도 없었지."

므쉬는 그렇게 중얼거리다가 피식 웃었다. 므쉬의 곁에서 뿌연 연기가 일렁거린다. 이윽고 연기가 뭉쳐 자그마한 소년의 모습이 되었다. 플람이었다.

"네가 플람이라는 절망을 극복한 것에 대한 보상으로 나는 너에게 시간의 신 데니르와의 만남을 주선해 주었다. 데니르와 만나서 네가 무엇을 얻을지는 전적으로 너에게 달린 일이지."

드리무어에 있는 시간의 신 데니르. 그에 대한 기억은 므쉬에게서 받았다. 데니르와 만나서 무엇을 얻게 될지는 모르는 일이었지만, 기회가 된다면 일단 드리무어로 가 볼 생각이기는 했다.

"그것은 플람을 극복한 것에 대한 보상이지. 네가 3년을 버틴 것에 대한 보상은…… 그래, 너를 '에레브리사'의 회원으로 추천해 주마."

잠깐 동안 고민하던 므쉬가 머리를 끄덕거리면서 중얼거렸다.

에레브리사?

이성민은 므쉬가 말한 것을 이해하지 못하고 머리를 갸웃거렸다.

"에레브리사가 뭐지?"

"'중개 길드'다."

므쉬가 대답했다.

"세상 어디에 있어도 소환할 수 있는 중개 길드."

므쉬는 그렇게 말하면서 손을 들어 올렸다. 므쉬가 입술을 살짝 달싹거렸다. 그 순간이었다.

"오랜만입니다. 시련과 고행의 여신이시여."

차분한 목소리와 함께 한 남자가 나타났다. 어디서 나타난 것인지는 모르겠다. 이성민이 보기에 남자는 므쉬의 그림자에서 대뜸 솟구쳐 오른 것처럼 보였다.

그는 깔끔한 정장 차림이었고 키가 훤칠했다. 그는 이성민에게 시선 한 번 주지 않고 므쉬를 향해 꾸벅 머리를 숙였다.

"어떤 지원을 원하십니까?"

"오늘은 그런 것을 위해 부른 것이 아니다. 새로운 회원을 추천하고 싶기에 부른 것이지."

므쉬가 대답했다. 그 말을 듣고서야 남자는 이성민을 돌아보았다. 이성민을 본 남자가 조금 놀란 표정을 지었다.

"……이거 참…… 진귀한 존재시군요. 인과율이 비틀어진 혼이라니. 저 혼을 파는 것이 아니라, 에레브리사의 회원으로 추천하고 싶으신 겁니까?"

"그렇다."

"자격이 부족하지 않나 싶습니다만……."

남자가 머리를 갸웃거리면서 중얼거렸다.

"인과율이 비틀어진 혼. 판매 가치는 높지만 회원의 자격으론 부족합니다. 어디 보자…… 무공을 익혔고…… 실력은…… 제법 출중하군요. 절정의 수준은 이미 넘었나? 이 산에서 몇 년이나 수행한 겁니까?"

"3년."

"이 산에서 3년을 수행해서 절정이라. 독하고 근성은 있어도 재능은 부족하군요. 여신이시여, 당신도 아시다시피 에레브리사의 회원은 아무나 될 수 있는 것이 아닙니다."

"그래서 추천권을 쓰는 것이다."

므쉬가 대답했다.

"나 정도의 회원이라면 자격이 없는 자라도 회원 자리에 앉힐 수는 있을 텐데. 문제는 없다고 본다만?"

"……흠음."

남자가 작은 목소리로 신음을 흘렸다. 그는 손을 들어 몇 번 허공을 두드리더니 머리를 끄덕거렸다.

"정 그것을 원하신다면야. 여태까지 여신께서 저희와 거래하신 것도 있사오니…… 알겠습니다. 저분을 저희 에레브리사의 새로운 회원으로 등록해 드리겠습니다."

남자는 그렇게 말하고서 이성민을 돌아보았다. 그는 이성민을 향해 정중한 태도로 꾸벅 머리를 숙였다.

"가벼운 계약을 하도록 하겠습니다. 피를 조금…… 주시겠습니까?"

"……피?"

"예. 아, 이 계약은 어디까지나 당신을 저희 에레브리사의 새로운 회원으로 등록하기 위한 계약이며, 당신에게 어떤 불이익도 돌아가지 않을 것임을 제 존재를 걸고 약속드립니다. 그에 대해서는 시련과 고행의 여신 므쉬와 약속과 거래의 신

베한이 증인이 되어줄 것입니다."

남자의 말을 듣고서 이성민은 므쉬를 힐긋 보았다. 므쉬는 살짝 머리를 끄덕거렸다.

므쉬에게서 확인을 받은 뒤에, 이성민은 손끝을 살짝 물어 뜯었다. 끄트머리의 작은 상처에서 피가 또르륵 흘렀다.

"확인되었습니다, 이성민 님."

흘러내린 피는 아래로 떨어졌으나 흙 위에 닿지는 않았다. 땅에 닿기도 전에 피가 허공에서 사라졌고, 남자가 머리를 끄덕거리며 말했다.

"이성민 님의 영혼이 에레브리사의 회원으로 등록되었습니다. 언제고 원하신다면 마음속으로 에레브리사를 찾아주십시오. 그리하신다면 이성민 님의 담당관이 찾아갈 것입니다."

남자는 그렇게 말하고서 므쉬를 보았다. 돌아가도 좋다. 그 말이 끝나자 남자의 모습이 다시 사라졌다.

이성민은 갑작스러운 상황을 이해하지 못하고 므쉬를 보았다. 므쉬는 이성민의 시선을 받으면서 어깨를 으쓱거렸다.

"직접 불러보아라. 내가 설명하는 것보다는 네가 그들에게 듣는 것이 낫겠지."

"……으음……."

이성민은 작은 신음을 흘리고서 마음속으로 에레브리사를 불러보았다. 그 순간이었다.

화악!

이성민의 발치에 깔린 그림자에서 누군가가 솟구쳤다.

"처음 뵙겠습니다, 이성민 님. 에레브리사의 중개인 네블이 라고 합니다. 앞으로 이성민 님의 담당을 맡게 되었습니다."

아까 보았던 남자와는 다른 남자였다. 자신을 네블이라고 소개한 남자는 머리를 짧게 자른 머리에 깔끔한 정장 차림이 었다. 그는 이성민을 향해 꾸벅 머리를 숙였고, 이성민도 엉 거주춤한 자세로 머리를 숙였다.

"아…… 예."

"에레브리사의 이용은 처음이십니까?"

네블이 물었다. 므쉬의 담당관이 이성민에게 관심을 두지 않았던 것처럼 네블 역시 므쉬에게는 관심을 두지 않았다. 이 성민은 네블의 얼굴을 보며 멍하니 머리를 끄덕거렸다.

"그렇다면 에레브리사에 대해 간단한 설명을 드리도록 하 겠습니다. 에레브리사는 고객이 바라는 모든 것을 중개하기 위해 존재하는 중개 길드입니다. 동시에 에레브리사는 상인 길드를 포함하여 다양한 길드와 협력 관계를 맺고 있습니다."

네블은 그렇게 말하고서 숨을 한 번 삼켰다.

"만약 고객님이 물건의 판매를 원하신다면 저희가 책임지 고 물건을 매입해 드립니다. 경매를 원하신다면 경매를 열어 드립니다. 물론 무료는 아닙니다. 5%라는 양심적인 수수료를 받을 뿐입니다."

그 말에 이성민은 놀랄 수밖에 없었다.

중개 길드 에레브리사.

'중개 길드'라는 것이 무엇인지는 아직 잘 납득이 되지 않았으나, 방금 네블이 말한 거래 중개의 수수료가 5%밖에 되지 않는다는 것은 굉장히 놀라운 일이었다. 대부분의 상인 길드, 용병 길드의 수수료도 15%인데 에레브리사는 5%도 되지 않는다는 것이다.

"거래에 관해서는 에리아의 시세에 맞춰드립니다. 만약 대장장이를 찾으신다면 실력 좋은 대장장이와 연결해 드리겠습니다. 던전에 관한 정보를 원하신다면 저희와 협력하고 있는 정보 길드를 통해서 원하시는 정보를 매입해 드립니다. 저희를 통해서 구입한 정보에는 그 어떤 거짓이 없음을 맹세드립니다. 아, 물론. 이 과정에서도 5%의 추가 수수료가 더해지게 됩니다."

이쯤 되니 이성민은 에레브리사가 말하는 '지원'이 어떤 의미인지 알게 되었다.

즉, 그들은 이성민이 바라는 모든 것을 지원해 준다는 말이다.

실력 좋은 대장장이를 만나기 위해서는 대장장이 길드를 찾아가야 한다. 정보를 구하기 위해서는 정보 길드를 찾아가야 한다.

말이 쉽지, 그 과정은 결코 쉬운 것만은 아니다.

대장장이라는 것들은 으레 고집불통이게 마련이라 놈들을 설득하기 위해서는 상당히 공을 들여야만 한다.

정보 길드 역시 마찬가지다. 기껏 돈 주고 구입한 정보가 진짜인지 가짜인지 판가름하는 것도 문제인데, 에레브리사를 통해 구입한 정보에는 거짓이 없단다.

물론 저 말을 무조건 믿을 수는 없는 일이었지만, 두 발로 뛰는 수고를 던다는 것만으로도 엄청난 메리트가 있었다.

"만약 급전이 필요하시다면 저희 측에서 담보를 받고 돈을 빌려드릴 수도 있습니다. 그 외에도 다양한 것이 있지만, 그에 대해서는 제가 설명을 드리는 것보다는 이성민 님이 직접 저희를 사용해 보시는 것이 빠를 것입니다."

"거래라면…… 영약이나 무공도 판매하는 것인가? 마법서라든가…….'

이성민이 잠깐 고민하다가 물었다. 그 말에 네블은 씩 웃더니 머리를 끄덕거렸다.

"물론입니다."

네블이 손을 들어 허공을 몇 번 두드렸다. 그러자 이성민의 앞에 반투명한 창이 나타났다. 그것은 에리아로 소환된 이계인이 볼 수 있는 상태창과 비슷한 창이었다.

"검색 기능도 있으니 한번 사용해 보시지요."

네블이 그렇게 말했다. 에레브리사의 거래창은 직관적이었다. 카테고리로 물건의 분류가 가능했고, 가격으로도 분류가 가능했다.

이성민은 눈에 보이는 거래 품목들을 보고서 숨을 삼켰다.

대환단.

가장 위에 등록되어 있는 영약은 그것이었다.

소림에서 만들어낸 가장 뛰어난 영약. 듣기로는 모든 대환단은 소림에서 철저한 관리를 받으며 소림에 소속된 무인 중에서도 극히 일부만이 하사받는다던데, 그런 대환단이 판매품목으로 등록되어 있다니!

"뭔 가격이……!"

이성민은 헉하고 숨을 삼켰다. 대환단의 가격은 상상을 초월했다. 놀란 이성민을 보면서 네블은 대수롭지 않다는 표정을 지으며 말했다.

"대환단은 연단술로 만들어내는 영약 중에서도 최상위로 꼽는 영약입니다. 값만큼의 가치는 분명히 존재합니다. 대환단을 복용한다면 못해도 몇십 년의 내공을 얻을 수 있습니다. 아무리 돈이 많아도 시간은 살 수 없는 법인데, 몇십 년 분의 내공을 돈으로 살 수 있다면 당연히 이만한 값이 붙지요."

가격 자체는 납득할 수 있다. 다만 너무 비싸서 놀라울 뿐이지.

이성민은 꿀꺽 침을 삼키면서 성령단을 검색해 보았다. 있었다. 성령단의 가격도 제법 비싸긴 했지만, 대환단과는 비교가 안 되었다.

"복용했을 때의 효율이 떨어지긴 하지만, 날것 그대로의 영약도 있습니다. 천년설삼이나 백년설삼, 인면지주의 영단…… 뭐 그런 것들. 하지만 추천해 드리지는 못하겠군요. 정제되지 않은 영약은 복용했을 때 부작용이 있는 법이라. 예를 들어, 천년설삼을 먹는다면 음양의 균형이 무너지고 음기가 폭주하기 때문에 주화입마의 가능성이 큽니다. 양강의 내공심법을 익혔다면 또 모를 일이지만."

네블이 그렇게 조언해 주었다. 이성민은 영약에서 시선을 떼었다. 욕심이 없는 것은 아니었지만 값이 너무 비싸 엄두도 못 낸다.

대신에 이성민은 무공을 찾아보았다. 거기서 이성민은 숨을 삼킬 수밖에 없었다. 다양한 무공이 판매되고 있었다. 무당의 진산절기라고 할 수 있을 태극혜검도 있었고, 화산의 매화검법도 있었다.

"무공은 종류가 무척이나 많습니다. 에리아에 들어오는 이계인의 출신지가 워낙에 다양하니까요. 같은 태극혜검이라고 해도 형태는 조금씩 다릅니다. 하지만 모두다 신공이라고 말할 정도는 됩니다."

이해가 안 되었다. 문파의 진산절기가 이렇게 쉽게 유출되고 거래된단 말인가? 아니, 물론 가격이 어마어마하여 어지간해서는 구입할 수는 없다.

이성민의 당황을 읽은 것인지 네블이 빙그레 웃었다.

"말하지 않았습니다. 저희 에레브리사는 다양한 고객과 길드 따위와 협력을 맺고 있습니다. 아…… 그래도, 만약 저희를 통해 무공을 구입하여 익힌다 하셔도 저희가 그 뒤처리까지 감당해 드리는 것은 아닙니다."

네블이 하는 말이 무슨 뜻인지는 이해할 수 있었다. 앞뒤 가리지 않고 태극혜검을 펼쳐 댔다가는 무당파의 주목을 받게될 것이다. 그에 대한 이유를 무당파에게 납득시키지 못한다면 그들이 무공을 회수하겠답시고 수작을 부릴지도 모른다.

에레브리사의 중개를 통해 구입할 수 있는 것은 무공뿐만이 아니었다. 다양한 마법도 존재했다. 정리되어 있는 학파 마법부터 포함해서 자잘한 마법들까지.

이성민은 거래되는 물건을 살피다가 기가 질려서 머리를 가로저었다. 설마 이런 식으로 무공과 마법, 영약 따위가 거래될 것이라고는 상상도 하지 못했기 때문이었다.

"……에레브리사의 회원이 되기 위해서는 뭔가 조건이 필요한 것인가?"

"그렇죠. 사실 가장 쉬운 방법은 이성민 님처럼 다른 회원의 추천을 받는 겁니다. 사실 추천이 있다고 해서 무조건 회원이 될 수 있는 것은 아닙니다만…… 므쉬 님은 저희의 단골이라. 어느 정도 억지를 들어드린 겁니다."

네블은 그렇게 말하며 므쉬를 향해 살짝 머리를 숙였다.

그 말에 이성민은 머리를 갸웃거렸다. 신인 므쉬가 이런 중개 길드를 통해 무엇을 거래했단 말인가?

"혼이다."

므쉬가 대답했다.

"이 산에서 죽은 이들의 혼. 그것을 거래했지."

므쉬가 대수롭지 않다는 얼굴로 말했다. 그 말에 이성민의 표정은 뻣뻣하게 굳을 수밖에 없었다.

"신인 당신이…… 인간의 혼을 팔았다는 겁니까?"

"뭔가 오해하고 있군. 이 산은 나의 성지다. 이곳에서 죽은 모든 혼은 나의 것이야. 나의 것을 내가 마음대로 한 것에 무언가 문제가 있는 것이냐?"

이성민의 물음에 오히려 므쉬가 이상하다는 표정을 지으면서 물었다. 애초에 므쉬는 인간이 아닌 신이다. 그녀에게 인간의 잣대를 들이밀어 봤자 대화는 통하지 않는다.

"혼은 좋은 거래 품목입니다. 인간의 혼을 원하는 이들은 많으니까요. 흑마법사나 이교도, 어떨 때는 드래곤…… 마족

들까지. 차라리 이런 형태로 거래를 하는 것이 서로에게 좋지 않습니까? 힘을 가진 자들이 혼을 구하기 위해 대량학살을 하는 것보다는 거래를 통해 그들에게 혼을 파는 것이 낫지요. 그리고…… 말했다시피."

네블의 눈이 가늘어졌다.

"원하신다면, 저희는 이성민 님의 혼을 담보로 하여 많은 것을 드릴 수 있습니다. 인과율이 비틀어진 혼이라면 그만한 가치가 있으니까요. 아, 물론 담보는 담보일 뿐. 이성민 님이 빌리신 돈을 갚으시면 될 일입니다만……."

"그 말은 듣지 마라. 차라리 나에게 혼을 넘기고 나와 계약하는 것이 너에게는 나을 것이야. 네가 원하는 것은 재능 아니냐? 이전에도 말했다시피 네가 나에게 혼을 넘긴다면 나는 너에게 그만한 대가를 줄 수 있다."

므쉬가 네블의 말을 끊고서 말했다. 둘의 대화를 통해 이성민은 어떤 것을 눈치챌 수 있었다.

저들은 이성민의 혼을 욕심내고 있었다. 죽음을 거슬러 과거로 돌아오면서 인과율이 비틀어진 혼. 그 혼에는 이성민이 모르는 큰 가치가 있는 모양이었다.

"혼을 넘길 생각은 없습니다."

이성민은 한숨을 쉬면서 말했다. 므쉬가 말했었다. 인과율이 비틀어졌고, 그 과정에서 이성민의 혼은 많은 업을 쌓았다.

그것은 이성민의 삶 자체에는 영향을 주지 않지만 나중에 이성민이 죽게 되었을 때…… 억겁의 세월을 고통받게 된다고 했었다.

즉, 이성민에게는 죽음이 안식이 되지 못한다는 것이다. 이성민에게는 고통스러운 결말이 예정되어 있었다. 하지만 그렇다고 해서 혼을 넘길 생각은 없었다.

"당장은 거래하고 싶은 것이 없군요. 돈도 없고. 나중에…… 거래하고 싶은 것이 있다면 부르도록 하겠습니다."

"언제든지 불러주십시오. 아, 그리고 이건……."

네블이 손을 들어 올렸다.

따악.

네블의 엄지과 검지가 부딪혀 소리를 냈고, 새하얀 빛이 이성민의 몸을 휘감았다.

"이번에 새로이 저희의 회원이 되신 이성민 님께 드리는, 제 가벼운 호의입니다."

지저분하던 몰골이 말끔하게 변했다. 옷 자체는 여전히 누더기와 다름없었지만, 더 이상 악취도 풍기지 않았고 더러움도 묻어 있지 않았다. 옷뿐만이 아니었다. 거의 일 년 동안 감지 않아 엉겨 붙은 머리와 씻지 않은 몸도 깨끗하게 변했다.

"그럼 다음에 뵙겠습니다."

그 말을 끝으로 네블의 몸이 사라졌다.

방금 그건 마법인가?

아니, 마법에 대해 생각한다면 네블의 등장과 퇴장부터가 마법일 것이다.

이성민은 멍하니 자신의 몸을 내려 보다가 중얼거렸다.

"내가 모르는 것도 참 많군."

"세상은 넓으니까. 에레브리사의 회원이 되었다는 것은 대단한 일이다. 네가 견딘 시련에 대한 보상으로 준 것이니 아깝지는 않다만."

므쉬는 그렇게 중얼거리면서 이성민을 보았다.

"그래서, 너는 이제 어디로 갈 셈이냐?"

"……우선 베헨게르로 가서 용병이 될 생각이다."

"용병이라, 후후. 그것도 괜찮겠지. 어디 한번 마음대로 해 보거라."

므쉬는 그렇게 중얼거리면서 몇 걸음 뒤로 물러섰다.

"예전에 내가 하였던 혼잣말은 잊지 말 거라."

그 말을 마지막으로 므쉬는 연기가 되어 사라졌다. 이성민은 므쉬가 사라진 자리를 물끄러미 보다가 자신의 몸을 내려 보았다.

이 세상에 우연은 없다. 돌아오게 되었다면 그만한 이유가 있는 것이다.

우연은 없다는 말이 살짝 마음에 걸렸다.

지금까지 살아오면서 이성민은 제법 많은 우연의 덕을 보았다고 생각한다.

잭이나 한스와 만난 것, 위지호연과 만난 것, 므쉬의 산에 들어와 백소고와 만난 것. 그 모든 것이 우연일 것이다.

우연은 없다는 것은 그 만남조차 우연이 아니었다는 것인가?

'……모르겠어.'

이성민은 한숨을 내쉬면서 몸을 돌렸다. 우선 산을 내려가야 했다.

5장
베헨게르

베헨게르.

이성민이 가고자 하는 도시의 이름이다. 전생에서 이성민은 베헨게르에서 용병이 되었다. 그때 이성민의 나이는 17살이었고, 삼류 무사 수준도 채 되지 못했었다.

본래 예정대로라면 므쉬의 산에서 2년을 수행할 생각이었다. 그러나 예정은 틀어졌다. 이성민은 므쉬의 산에서 3년을 보냈고, 산을 나와 베헨게르로 향하는 지금 이성민의 나이는 18살이었다.

전생과 비교해서 베헨게르로 가는 시점을 기준으로 하여 달라진 것은 나이뿐만이 아니었다. 전생의 이성민은 삼류 무사 수준도 되지 못했으나 지금의 이성민은 절정고수의 수준을 넘어서 있었다.

에레브리사의 중개인도 이성민을 보고 말하지 않았던가, 절정의 실력은 이미 넘었다고.

이성민의 나이를 생각한다면 누구나 말할 것이다. 천재적인 재능을 타고났다고.

사실 아주 틀린 말은 아니다. 위지호연 같은 말도 안 되는 천재는 제외하고, 10대의 나이에 절정고수의 실력에 도달하는 재능이라면 천재라고 하기에 충분하다.

하지만 이성민은, 그는 자기 자신에게 대해서는 가혹한 평가를 내리는 경향이 있었다. 어쭙잖게 자기 위안을 하는 것보다는 아예 최악을 상정하는 편이 상처를 덜 받는 것이라고 생각하기 때문이다.

그것은 위지호연이 몇 번이나 말했던 것처럼 주제 파악이 과한 열등감이었지만, 이성민은 딱히 그런 것을 버릴 생각은 없었다. 열등감조차도 동기가 될 수 있다는 것을 알았기 때문이다.

므쉬의 산에서 보낸 3년은 열등감을 바라보며 주저앉게 하는 것보다는 열등감을 동기로 하여 몸을 움직이게끔 바꾸어 주었다.

18살에 절정고수.

딱 그것만 놓고 본다면 천재라고 할 수 있겠지. 하지만 실상은 어떤가. 이성민은 13년의 기억을 가지고 있었다. 대단할 것이 없는 기억이라곤 하여도 이성민이 가진 기억은 이류고 수까지는 빠르게 올라갈 수 있는 기억이었다.

그것뿐만이 아니다. 이성민이 익힌 자하신공과 구천무극창은 신공절학이다. 위지호연이 말한 것처럼 그냥 익히기만 해도 검기지경까지는 무난하게 올라갈 수 있는 무공이란 말이다. 즉, 자하신공과 구천무극창을 익히게 된 시점에서 이성민은 이미 절정의 경지가 보장되어 있었다.

거기에 노 클래스의 성장 보정과 하급 무골의 성장 보정. 두 성장 보정은 무공의 습득 속도를 빠르게 만든다.

그로도 모자라 므쉬의 산에 들어왔다. 많은 금제를 몸에 주렁주렁 매달면서 수행을 했고, 지옥 같은 3년을 보냈다.

그렇게 해서 절정고수다. 만약 므쉬의 산에 들어오지 않았다면 절정고수가 되는 것에 얼마나 오랜 시간이 걸렸을까? 자하신공이나 구천무극창을 받지 않았더라면 평생 절정의 경지는 꿈도 꾸지 못했을지도 모른다.

'범재…… 천재라고는 못하지.'

이성민은 쓰게 웃으면서 산을 내려갔다.

므쉬의 산. 3년 동안 살기는 했지만 정 같은 것은 들지 않았다.

그렇다고 해서 이 산이 싫은 것은 아니다. 산은 고마운 곳이었다. 이곳에서 보낸 3년은, 이성민이 여태까지 살았던 평생보다 충실했다.

이성민은 무영탈혼을 펼쳤다. 속력은 여태까지 펼쳤던 것과는 비교가 안 될 정도로 빨랐다.

무영탈혼은 많이 펼쳐 보았지만 여태까지 이성민이 펼쳤던 무영탈혼은 모두가 '무거움'의 금제 속에 펼쳤던 것이다. 하지만 지금은 다르다. 지금의 이성민은 어떤 금제도 받지 않아 자유롭고 가벼웠다.

현재 이성민의 무영탈혼은 5성의 경지에 도달해 있었다. 자하신공은 6성이었고, 구천무극창도 마찬가지로 6성이었다.

그러한 무공의 경지는 그대로 이성민의 몸에 영향을 끼쳤다.

자하신공으로 끌어올린 내공은 전신을 빠르게 회전한다. 무영탈혼은 이성민의 몸을 더욱 날래고 빠르게 만든다.

이성민은 순식간에 산을 내려왔다. 제법 긴 거리를 쉬지 않고 달렸는데 이성민의 호흡은 전혀 흐트러지지 않았다.

3년 동안 매달린 자하신공은 이성민의 기혈에 녹아 있던 내공을 대부분 단전으로 회수하였고, 인적 드문 산의 맑은 기도 꾸준히 단전에 쌓아왔다. 이성민의 실력이 절정에 올랐듯, 그의 내공 역시 절정에 걸맞은 수준으로 늘어나 있었다.

'이 속도라면 베헨게르까지는 금방 가겠어.'

본래 베헨게르는 므쉬의 산에서 걸어서 나흘은 걸리는 곳에 위치해 있었다. 경공을 쓴다면 나흘이 아니라 이틀도 채 걸리지 않을 것 같았다.

하지만 서두를 필요는 없었다. 이성민은 우선 베헨게르까지의 방향을 잡고 걷기 시작했다.

산에서 생활하면서 시각과 청각, 후각의 금제를 받아 생활했던 탓에 방향을 잡는 것이 조금 어색하기는 하였지만, 감각이 금제당했던 세월보다 금제당하지 않았던 세월이 더 긴 탓에 어색함은 어떻게든 고쳐 잡을 수 있었다.

베헨게르로 향하면서 이성민은 앞으로의 일을 정리했다.

우선 '반드시' 해야 할 일.

이성민은 백소고의 죽음을 막고 싶었다. 백소고와 위지호연이 같은 던전에 들어가고, 위지호연이 백소고를 죽이는 것까지 앞으로 6년도 남지 않았다.

현재 이성민은 절정고수의 실력을 가지고 있었지만, 이성민은 확신할 수 있었다. 어디서 무엇을 하고 있을지 모를 위지호연이 지금의 자신보다 강할 것이라고.

당연한 일이었다. 위지호연은 제나비스를 떠나던 시점에서부터 이미 절정고수의 실력을 넘어서 있었다. 그 후 3년이 넘는 시간 동안 위지호연도 놀고만 있던 것은 아닐 것이다. 그리고 앞으로의 6년도.

위지호연 같은 천재가 보내는 6년과 이성민이 보내는 6년은 결코 같지 않다. 굼벵이가 6년을 기어가 봐야 인간이 1년

걷는 것보다 많이 이동할 리가 없지 않은가.

그렇다면 차라리 므쉬의 산에서 더 오랜 시간 수행하는 것이 낫지 않는가 싶기도 하였지만, 우선 이성민은 산을 나오기로 했다. 일단 얻어둬야 할 것이 있었기 때문이다.

앞으로 반년 후, 베헨게르의 용병 길드는 도시 외곽에서 흑마법사의 던전에 대한 토벌 의뢰를 받는다.

인공적인 던전이기는 하지만 던전을 만들어낸 흑마법사의 실력이 제법 대단했던 탓에 용병 길드는 많은 피해를 입는다.

물론 피해만 입는 것은 아니다. 흑마법사의 던전을 토벌하는 것에 성공하면서 용병 길드는 막대한 전리품을 챙겼다.

특히 그중에서 이성민이 주목하는 것이 있었다.

마갑(魔鉀) 데브나크.

흑마법사 던전 토벌에 참가했던 C급 용병이 우연히 손에 넣은 갑옷이다. 후에 A급 아티팩트로 규정되었으며, 착용자의 피와 계약하는 방식의 갑옷이라 용병 길드는 데브나크를 용병에게서 빼앗지도 못했다.

사실 뺏지 못한 이유는 간단했다. 데브나크를 손에 넣은 C급 용병은 그 갑옷의 힘으로 인해 단번에 절정의 경지를 뛰어넘어 버렸다.

데브나크가 정확히 어떤 성능을 가지고 있는 것인지는 이성민도 알 수가 없었지만, 얻어둘 필요는 있었다.

다행히 이성민은 데브나크를 얻는 방법에 대해서는 제대로 기억하고 있었다. 데브나크를 얻은 용병이 술을 마실 때마다 똑같은 이야기를 늘어놓았기 때문이다.

자신의 인생이 어떻게 바뀌게 되었는가에 대한 이야기.

당시 이성민은 술집 구석에서 빈 그릇과 술잔을 치우면서 그 이야기에 귀를 기울였었다. 인생이 바뀌는 기회. 당시의 이성민도 간절히 그를 바라고 있었기 때문이다.

현재 이성민의 실력이라면 어느 도시의 용병 길드를 가도 S급의 등급을 받을 수 있다. 무림인을 기준으로 했을 때 절정 이상의 실력을 가지고 있다면 S등급이 부여된다.

S급 용병이 된다면 의뢰를 마음대로 고를 수가 있다. 용병 길드에서도 매달 막대한 지원금이 꾸준히 나오고, 의뢰를 수행하지 않아도 제재는 들어오지 않는다. S급 용병에게는 그만한 가치가 있기 때문이다.

이성민은 S급 용병이 된 뒤에, 반년 동안 다른 의뢰들을 수행하다가 흑마법사 던전 토벌에 지원할 생각이었다.

우선 목표는 마갑 데브나크를 손에 넣는 것. 그리고 가능하다면 그 던전에서 얻을 수 있는 다른 전리품들도 손에 넣고 싶었다.

밤이 되자 이성민은 노숙을 준비했다. 어렵지 않게 주변에서 작은 토끼 두 마리를 잡았고, 모닥불에 불을 피웠다. 이성민은 손질을 끝낸 토끼 고기를 불 위에 올려놓고서 천천히 숨을 삼켰다.

솔직히 말해서 이성민은 이 순간을 기대하고 또 기대해 왔다. 더 이상 이성민에게 미각의 금제는 남아 있지 않다. 후각의 금제도 마찬가지다. 자글자글 익어가는 고기에서 풍기는 냄새에 이성민은 숨을 삼켰다.

이런 냄새를 맡아보는 것이 얼마 만이던가.

짧지만 긴 인고의 시간 끝에 고기가 다 익었다. 이성민은 즉시 꼬치를 들어 고기를 물어뜯었다.

맛있다.

간도 제대로 하지 않은 고기였지만 눈물이 줄줄 흐를 정도로 맛있었다. 산에서 살면서 끝내 익숙해지지 않았던 끔찍한 식사와는 비교도 안 될 맛이었다. 이성민은 식사가 이리도 행복한 것이구나 하고 깨닫게 되었다.

그리고 다짐했다. 다시 므쉬의 산에 들어가는 일이 있더라도 미각의 금제는 받지 말자고.

악몽 없이 잔 잠은 편안했다. 습관처럼 도중에 몇 번 깨어나기는 했지만, 다시 잠드는 것이 두렵지는 않았다. 그렇게 이성민은 실로 오랜만에, 악몽을 꾸지 않고 푹 잠을 잘 수 있었다.

아침마다 느끼는 두통도 조금 덜했다. 잠을 잘 잔 덕분이리라.

이성민은 잠에서 깨어나자마자 가볍게 운기행공을 한 뒤에 몸을 일으켰다. 창법을 수행하고 싶었지만 우선 베헨게르로 가는 것이 급했다.

　다음 날이 되어서야 이성민은 베헨게르에 도착하게 되었다. 숲을 가로질러 오는 탓에 이성민의 몰골은 그리 말끔하지는 않았다. 숲에서 마주친 몬스터를 죽이고 팔 수 있는 전리품을 챙긴 탓에 이성민에게는 뒤섞인 피의 냄새가 풍겼다.

　"어디서 왔나?"

　"제나비스."

　성문 경비병이 물었고, 이성민은 무표정한 얼굴로 대답했다. 경비병은 이성민의 대답에 미간을 찡그렸다. 제나비스에 왔다는 것이 의미하는 바는 간단했다. 이계인이라는 것이다.

　"들어가라. 안에서 사고 치지 말고."

　경비병이 못마땅하단 표정을 지으며 창을 비켜주었다. 이성민은 머리를 살짝 끄덕거리고서 성문 안으로 들어왔다.

　베헨게르. 오랜만에 온 베헨게르의 풍경에는 기억 속의 모습이 드문드문 남아 있었다. 이성민은 아주, 아주 조금의 반가움을 느꼈다.

　'용병 길드가 어디더라…….'

　이성민은 기억에 의존하여 용병 길드로 향했다.

　쇠뿔도 단번에 빼라고들 하지 않나. 일단 바로 용병이 될 생각이었다.

조금 헤매기는 했지만 걷다 보니 기억이 새록새록 피어났다. 전생에서 이성민이 가장 오랜 시간을 보냈던 도시가 베헨게르였던 만큼 길을 찾는 것은 어렵지 않았다.

다만 추억은 그리 많지 않았다. 베헨게르에서 살았던 이성민의 삶은 추억이라고 부를 만한 성질의 것이 아니었기 때문이다.

이 도시에서, 이성민은 살아남기 위해 정말 모든 것을 다 해야만 했다. 그렇다 보니 추억이라고 할 만한 것은 없었다. 솔직히 말해서 떠올리고 싶지도 않았다.

용병 길드의 앞에 섰을 때, 이성민은 오래된 기억을 떠올렸다. 사소한…… 그런 기억이었다.

용병 길드에서 자신을 괴롭히던 선배 용병들이라든가, 그런 놈들에 대한 기억. 이성민은 피식 웃으면서 문고리를 잡았다. 하찮다는 생각이 들었다.

베헨게르는 제나비스에서 가장 가까운 도시라, 제나비스를 떠난 이계인들이 처음으로 도착하는 도시인 경우가 대부분이었다. 그 덕분에 베헨게르는 크고 발달되어 있다.

제나비스가 이계인이 처음 소환되어 이 세계, 에리아에 대해 익숙해지는 곳이라면 베헨게르는 이계인이 본격적으로 에리아에서 살아가기 위한 터전이라고 할 수 있었다.

길드.

그것은 쉽게 풀이하자면 이계인들이 에리아에서 본격적으로 살아가기 위한 방향성을 결정하는 곳이다.

상인으로서 살아가고자 한다면 상인 길드를 찾아간다. 대장장이 기술을 배우고 싶다면 대장장이 길드를 찾아간다. 다양한 길드가 있지만 그중에서 용병 길드는 특히나 많은 이계인이 문을 두드리는 곳이다.

길드 가입 조건도 그리 까다롭지 않고, 일단 용병이 된다면 어떻게든 먹고살 길이 열리기 때문이다.

그렇다 보니 용병 길드의 문이 열리는 것은 대단한 사건이라고 할 일은 되지 못했다.

문을 열고 들어온 것이 꾀죄죄한 몰골의 소년이라고 할지라도 베헨게르의 용병 길드에서는 흔한 일이라고 할 수 있었다.

문 쪽 근처에 자리를 잡고 있던 용병들만이 뉴 페이스에게 관심을 가졌다.

"야, 꼬맹아. 밥값은 벌 수 있겠냐?"

"얼굴이라도 반반하면 또 모르겠는데, 새끼. 줘도 안 먹게 생겼네."

"가서 엄마한테 밥이나 해달라 그래! 너한테 엄마가 있을지는 모르겠지만!"

용병들이 낄낄거리며 웃음을 터뜨렸다. 이성민은 아무런 말도 하지 않고서 열고 들어온 문을 닫았다.

대부분의 용병 길드가 그렇겠지만 베헨게르의 용병 길드 역시 1층은 용병들을 위한 주점으로 쓰이고 있었다.

대낮부터 거나하게 취한 이가 몇몇 보였지만 용병이란 것들은 으레 저런 법이다.

하루 벌어서 하루를 즐긴다. 절약이니 저금이니 하는 개념은 희박하다. 돈이 되는 의뢰라는 것은 당연하다는 듯이 목숨을 걸 것을 강요한다. 아무리 신경이 굵다고 해도 거듭해서 목숨을 걸다 보면 마모되어 간다. 자연스러운, 스스로에 대한 보상 심리다.

목숨을 걸어 살아남았다. 열심히 했다. 절약하고 저금해 봤자 언제 죽을지 모르는 것이 용병이다. 그러니까 돈을 쓴다. 논다.

이성민도 전생에는 용병이었다. 대낮부터 병나발을 불어젖히는 용병의 생활은 이골이 날 정도로 알고 있다.

신참을 환영하면서도 배척하는 분위기에도 익숙했다. 새로 들어온 놈이 별 볼 일 없는 놈이라면 다행인 것이고, 실력이 뛰어난 놈이라면 시기한다. 용병이기 이전에 인간은 그런 동물이다.

이성민은 야유를 무시하면서 홀을 가로질렀다. 안으로 들어갈수록 술 냄새는 진해졌다.

몇몇 용병은 자연스럽게 창녀를 곁에 끼고 가슴을 주물러 대고 있었다. 그들은 그 민망한 손짓을 과시하듯이 과격하게 움직였고, 창녀들은 능숙하게 손짓을 받아내면서 듣기 좋은 신음을 질렀다.

이성민은 그들에게 시선 하나 주지 않았다. 그렇게 걷던 이성민의 걸음이 멈춘 곳은 바 테이블의 앞이었다. 그곳에는 제법 그럴듯한 차림새들의 용병이 앉아 있었다.

하지만 그들은 이성민을 보지 않았다. 바텐더가 내준 술을 마시거나 저들끼리 이야기를 나눌 뿐이었다.

이성민에게 신경을 쓰지 않고 있는 것은 바텐더도 마찬가지였다.

이성민은 그가 누구인지 잘 알고 있었다. 전생보다는 1년 늦게 이곳에 오기는 했지만 바텐더의 얼굴은 그대로였다.

"용병이 되고 싶어서 왔습니다."

이성민이 입을 열었다. 그 말에 잔을 닦고 있던 바텐더가 이성민을 힐긋 보았다.

"어디서 소개장이라도 받았나?"

바텐더는 말끔한 얼굴의 중년이었다. 체격이 다부진 편은 아니었지만 키가 컸고, 눈이 가늘었으며 안광은 날카로웠다.

바텐더의 질문에 이성민은 머리를 가로저었고, 바텐더가

그럴 줄 알았다는 표정을 지었다.

"용병이 되고 싶다면 2층으로 가 보게. 그쪽에서 접수 신청을 받고 있으니까."

바텐더가 말했다. 그는 그 말을 끝으로 더 이상 이성민에게 할 말이 없는 모양이었다.

2층에서 접수 신청을 받고 있다는 것은 이성민도 알고 있었다. 그럼에도 바텐더에게 말을 건 것은 확실하게 인상을 남기고 싶기 때문이었다.

베른.

바텐더의 이름이다. 동시에 베헨게르 용병 길드의 길드장이기도 했다. 베른은 뛰어난 실력을 가진 마법사다.

"실례."

이성민은 그렇게 중얼거리면서 손을 뻗었다. 그는 테이블 위에 올라가 있던 포크를 잡았다. 포크의 주인은 이성민을 힐 긋 보았지만 제지하지는 않았다.

후우웅.

이성민이 잡은 포크를 자색의 빛이 감쌌다. 이성민은 무덤덤한 얼굴을 하고서 포크를 내밀었고, 베른의 표정이 바뀌었다.

"마스터가 한 방 먹었군. 꼬마라고 너무 우습게 본 모양이야."

포크의 주인인 용병이 낮게 웃었다. 그가 누구인지도 이성민은 알고 있었다.

루드.

베헨게르 용병 길드에 소속된 용병으로서, 용병단에 적을 두지 않은 자유 용병이다. 무림 출신은 아니지만 절정고수에 버금가는 실력을 가진 S급 용병이기도 했다.

"……무림인이었나."

베른이 한숨을 쉬면서 중얼거렸다. 그는 닦고 있던 잔을 내려놓았다. 이쪽을 힐긋거리던 용병들이 웅성거린다.

이성민이 포크에 씌운 것은 '검기'였고, 그것은 내공을 자유롭게 다룰 수 있는 절정고수라는 증거였다.

"여기 앉게."

베른이 빈 의자를 가리키면서 말했다. 이성민은 포크를 내려놓고서 의자에 앉았다. 베른은 이성민의 얼굴을 빤히 보면서 물었다.

"나이는?"

"18살입니다."

"18살에 검기라니, 천재로군."

근처에 있던 루드가 낄낄거리며 웃었다. 루드가 내뱉은 건 일반적인 감상이었다. 20대 이전에 절정의 실력을 가졌다면 천재라고 하기에 충분하다.

물론 이성민은 그 말에 조금의 씁쓸함을 느꼈다. 그는 스스로가 천재가 아님을 너무나도 잘 알고 있었기 때문이다.

"에리아에 소환된 지는 얼마나 되었지?"

"올해로 4년쯤 되었을 겁니다."

"4년…… 꽤 오래되었군. 여태까지 용병이 되지 않았다는 것이 신기한데. 제나비스에서 바로 온 것인가?"

"아니요. 제나비스를 떠난 것은 3년 전이고, 그 후로는 여행을 했습니다."

"그래?"

베른이 머리를 끄덕거렸다. 어차피 용병 길드 간의 정보는 교류되고 있다. 베른이 마음을 먹는다면 제나비스에서 이성민이 무엇을 했는지는 쉽게 알아낼 수 있을 것이다.

"용병이 되고자 하는 이유가 있나?"

"가장 쉽게 될 수 있고, 제법 자유로우니까요."

"맞아, 용병은 자유롭지. 특히 등급이 높을수록 말이야."

베른이 대답했다. 등급이 낮은 용병이야 먹고살기 위해서 계속해서 의뢰를 받아가지만 등급이 높은 용병은 처지가 다르다. 길드에서도 생활비를 보장해 주고 고급 의뢰의 많은 보수를 받기 때문에 금전적으로 부족함은 거의 겪지 않는다. 큰 사치만 부리지 않는다면 말이다.

"이름을 묻는 것이 늦었군."

"이성민입니다."

"무림인이겠지?"

"노 클래스입니다."

이성민은 숨김없이 대답했다. 제나비스의 용병 길드 지부장, 독스가 아티팩트를 통해 이성민의 정체를 보았음을 잊지 않았기 때문이다. 괜히 거짓말을 하여 베른의 의심을 받고 싶지는 않았다.

"노 클래스라고?"

이성민의 대답에 베른은 놀랄 수밖에 없었다. 놀란 것은 베른뿐만이 아니었다. 이성민의 근처에 앉아 있던 루드도, 귀를 기울이고 있던 다른 용병들도 놀란 표정을 지었다.

"노 클래스가 4년 만에 절정고수의 실력을 갖추었다니……진짜 천재잖아……."

루드가 믿을 수 없다는 얼굴을 하고서 중얼거렸다. 이성민은 그런 루드의 말에 반응하지는 않았다.

가만히 이성민을 보고 있던 베른이 헛기침을 내뱉었다.

"……본래 신규 용병을 가입시킬 때에는 심사를 거치는데. 절정고수라면 심사 같은 것을 할 필요는 없겠지."

베른은 그렇게 중얼거리면서 테이블 안쪽에서 종이 뭉치를 꺼냈다.

"우선…… 계약서를 작성하도록 하지. 본래 절정고수라면 S급 용병으로 배정하는 것이 관례지만 일단 실력 확인은 필요해."

"예."

이성민은 베른의 말을 들으면서 계약서를 작성했다. 베른은 다른 질문을 하지 않는 이성민을 내려다보았다. 대뜸 용병이 되겠다고 찾아온 것은 납득하지 못할 이야기는 아니었으나, 아무것도 묻지 않는 이성민에게는 조금의 의아함을 느낄 수밖에 없었다.

물을 필요가 없었다. 용병이 무슨 일을 하는지는 들을 것도 없이 이성민은 잘 알고 있었다.

계약서 마지막에 이름을 쓴 뒤에 이성민은 베른에게 작성한 계약서를 돌려주었다.

"……자네가 원한다면 괜찮은 용병단의 단장과 주선이 가능하네만."

용병단은 용병 길드에 소속된 용병들의 조직이다. 굵직한 용병단은 그만큼의 힘을 가지고 있어서 좋은 의뢰를 미리 선점하는 경우도 있다.

"아뇨, 괜찮습니다."

거절했다. 용병단에 가입하는 것에 마냥 이득이 있는 것은 아니다. 대부분의 용병단은 소속된 용병들의 의뢰금에서 수수료를 가져간다. 물론 그것이 나쁜 일이라는 것은 아니다. 수수료를 받아가는 만큼 해주는 것이 있다면 용병단에 소속되는 것이 불이익이라고 할 수는 없다.

다만 이성민 정도의 실력이라면 용병단에 소속될 필요가

없을 뿐이다. 용병단에 소속되어 관리를 받는 것보다는 길드에만 이름을 올린 자유 용병이 되는 것이 자유롭다.

"그렇지, 자유 용병이 좋아. 눈치 싸움에 끼는 피곤함도 없고."

루드가 웃으면서 말했다. 베른은 이성민이 거절하자 더 이상 권하지는 않았다.

"숙소는 정했나?"

"아니요."

"그렇다면 4층의 빈방을 쓰게. 그리고 내일쯤에 실력 검증을 위한 의뢰를 전해주도록 하지."

뭐라도 마시겠나?

베른이 물었지만, 이성민은 머리를 가로저으면서 의자를 뒤로 뺐다.

"아직 나이가 어려서."

"재밌는 대답이군."

베른이 피식 웃었다. 이성민은 따라붙는 용병들의 시선을 무시하고서 4층으로 올라갔다.

4층은 상급 용병이 머무르는 전용 층으로, 전생의 이성민은 이곳에서 숙식해 본 적이 없었다. 청소나 심부름을 위해 몇 번 왔던 것이 전부다.

4층의 복도는 이전 층의 복도와는 아예 다른 건물이 아닐까 싶을 정도로 다른 분위기였다.

이성민은 푹신한 융단이 깔린 복도를 걸으며 빈방을 찾았다. 열쇠가 꽂힌 방이 빈방이었고, 이성민은 가까운 방의 열쇠를 뽑았다.

문을 열고 안으로 들어와 방 안을 살핀다. 방은 넓었다. 욕실과 화장실이 딸려 있었고, 마법을 통해 끌어오는 물은 언제나 온수를 사용할 수 있었다. 거실은 덥지도 춥지도 않았다. 온도 유지 마법이 걸려 있는 탓이다. 침대는 큼직했고 빈 옷장이나 기본적인 가구들도 비치되어 있었다.

이성민은 문을 잠갔다. 내일 실력 검증을 위한 의뢰를 받는다. 어떤 의뢰를 줄지는 아직 모르는 일이었지만, 의뢰를 성공한다면 이성민은 S급 용병이 된다.

"네블."

이성민은 입을 열어 에레브리사의 중개인을 불렀다. 그러자 이성민의 그림자에서 말끔한 차림을 한 네블이 튀어나왔다.

"부르셨습니까?"

네블이 정중하게 머리를 숙이며 물었다. 이성민은 네블의 얼굴을 물끄러미 보면서 물었다.

"에레브리사에서는 의뢰에 대한 중개도 맡는다고 들었는데."

"길드에 등록된 용병이신 고객님에 한해 의뢰를 주선해 드리고 있습니다. 의뢰를 찾으십니까?"

"아니, 아직은. S급 용병이 받을 수 있는 의뢰는 있습니까?"

"물론입니다. 저희와 계약하신 고객님들 중에서도 용병이신 고객님이 제법 많으니까요. S급 의뢰는 저희가 주선해 드릴 수 있는 의뢰 중 가장 낮은 급입니다."

네블이 빙그레 웃으며 대답했다. 당연히 그럴 것이다. 에레브리사의 회원이 되기 위해서는 자격이 필요하다. 절정고수인 이성민도 므쉬의 추천이 없었더라면 에레브리사의 회원이 되는 것이 불가능했다. 그렇다는 것은, 에레브리사의 회원인 용병이라면 S급 이상의 등급을 가진 용병이라는 말이 된다.

'SS급, 혹은 SSS급…… 괴물들이군.'

S급은 절정고수가 받을 수 있는 최소 등급일 뿐이다. 거기서 또 실력과 성과에 따라 등급이 오른다. 하지만 그 한계는 SS급이다. SSS급 용병이라는 것은, 절정의 수준을 아득히 뛰어넘어 새로운 경지에 도달한 초인을 가리킨다.

전생의 경험을 통틀어 이성민이 기억하고 있는 SSS급의 용병은 셋뿐이었다.

거기까지 도달하는 것이 가능할까?

이성민은 떠오르는 의문에 주먹을 쥐었다.

"대답해 줘서 고맙습니다."

"별말씀을. 언제든지 불러주십시오."

네블은 그 말을 남기고서 사라졌다.

이성민은 침대 위에 앉아 생각에 잠겼다. 용병단에 소속되지 않은 이유는 이것이다. 에레브리사의 회원인 이성민은 그들의 중개를 통해 언제든지 고급 의뢰를 받을 수가 있다.

'앞으로 반년.'

용병이 되었으니, 이성민은 착실하게 용병 일을 할 생각이었다. 우선 내일의 실력 검증 의뢰를 성공적으로 수행하고서, 그 뒤에는 에레브리사를 통해 고급 의뢰를 수행한다.

그런 식으로 이름을 높이고 실적을 쌓다 보면 SS급으로 오를 수도 있을 것이다.

하지만 그 전에.

반년 후, 흑마법사 던전 토벌 의뢰에서 마갑을 얻어야 한다.

6장
오우거

오우거.

에리아에는 수많은 몬스터가 존재하고 있다.

오우거도 그중 하나이지만, 오우거는 두 발로 땅을 걷는 많고 많은 몬스터 중에서 손에 꼽히는 강력함을 가진 몬스터다.

놈들은 마법에 대한 내성을 갖추고 있을 뿐만 아니라 어지간한 날붙이로는 베어낼 수 없을 정도의 질긴 가죽을 가지고 있다.

이뿐만 아니라 제법 높은 지능까지 갖추고 있어서 상대하는 것이 여간 까다로운 것이 아니다. 개체에 따라 다르기는 하지만 마법을 사용하는 오우거도 있을 정도다.

용병 길드는 에리아에 존재하는 몬스터들을 상대로 등급을 매겨놓았는데, 그 등급은 해당 등급의 용병이 토벌할 수 있는

가, 없는가로 매겨진다. 보통의 오크의 등급은 E, 오우거는 최소 A에서 시작한다.

전생에서의 이성민은 오우거 토벌 의뢰를 받은 적이 한 번도 없었다. 오우거는 위험한 몬스터다. 목숨 아까운 줄은 알고 있었기 때문이다.

'오우거라.'

이성민은 턱을 어루만졌다. 실력 검증을 위한 의뢰로써 베른이 가지고 온 것은 오우거의 토벌이었다.

베헨게르 외곽의 숲에서 오우거가 목격되었다는 정보가 들어왔고, 인근 마을의 주민들이 용병 길드 쪽으로 토벌 의뢰를 넣은 것이다.

"당신이 따라올 필요가 있습니까?"

마차가 달린다. 이성민은 맞은편에 앉은 루드에게 물었다. 그 질문에 루드가 이를 드러내며 웃었다.

"마침 한가하기도 하고. 지부장이 부탁하기도 했거든. 한번 눈으로 직접 봐달라고."

"내가 뭔 수작이라도 부릴 것 같아서 의심스러운 겁니까?"

"아니, 그런 것은 아니야. 어제 네가 보여주었던 검기는 진짜였으니까. 그냥…… 피차 똑같은 거야. 나도, 지부장도 너라는 녀석에게 호기심을 가지고 있는 것이지."

루드는 그렇게 말하면서 낄낄 웃었다. 루드는 용병단에 소속되지 않은 자유 용병이기에, 의뢰가 없을 때는 남는 것이 시간이다.

이성민은 루드가 자신에게 살갑게 대해주는 것이 조금은 어색하게 느껴졌다.

이성민은 루드를 알고 있다. 전생에서도 몇 번을 보아왔다. 자유 용병에 S급의 등급을 가진 루드는 베헨게르의 용병 길드 안에서도 굉장히 이례적인 존재였다.

하지만 밑바닥 출신의 C급 용병이었던 이성민과는 사는 세계가 다른 사람이었기 때문에 교류는 없었다.

용병 길드의 1층에 자리 잡은 주점. 전생의 이성민은……주점에서 창녀를 끼고 술을 마시던 용병들과 같은 부류였다. 바 테이블의 앞에 앉아 비싼 술을 홀짝거리는 루드나 다른 상급 용병들을 보면서, 질투와 시기를 품으면서도 그것을 감히 소리 높여 말하진 못했었다.

그런 별세계의 사람이 살가운 태도를 보여주고 있다. 물론 속으로 무슨 꿍꿍이를 가진 것인지는 알 수 없었다. 이성민은 경계하고 의심을 하되 그렇다고 하여 루드를 밀어내지는 않았다.

사람은 혼자서 살아갈 수가 없다. 므쉬의 산에서 백소고에게 그것을 배웠다.

"네가 도달한 경지를 의심하는 것은 아니지만, 너는 어려.

노 클래스 출신에 에리아에 온 지 4년밖에 되지 않았다고 했잖아?"

"경험이 부족하여 실수할지도 모른다는 겁니까?"

"그렇지. 너무 자존심 상해하지는 마. 지부장도 그렇고 나도 그렇고, 네 안전 정도는 보장해 두고 싶거든. 너 정도 실력의 고수가 용병이 되겠다고 찾아오는 것이 흔한 일은 아니니까."

단순한 호기심 때문에 따라오는 것은 아닌 모양이었다. 하지만 그렇다고 해서 단순한 호의나 선의인 것도 아니다.

이성민은 루드의 얼굴을 물끄러미 보다가 창밖을 힐끗 보았다. 풍경이 스치고 있었다.

"또래에 걸맞지 않게 과묵하군. 원래 말이 적나?"

"네."

사실 그런 게 아니다. 다만, 므쉬의 산에서 했던 침묵의 수행의 여파일 뿐이다. 이성민은 침묵에 익숙했다.

산에서의 수행은 이성민에게 많은 것을 안겨주었지만, 마냥 이득만 준 것은 아니었다.

문제는 감각의 둔화였다. 언제나 잡음을 듣고 악취를 맡았다. 시각마저 금제하고서 이성민은 '피부'로 느끼는 것은 예민하고 날카롭게 단련하였으나, 후각이나 청각 쪽은 단련하지 못했다.

실전의 부족성에 대해서도 염두에 두고 있다. 산에서의 수행은 고독했다. 수행자는 서로를 해할 수 없다는 규율 때문에 대련 같은 것도 하지 못했다.

실전 경험은 전생의 기억으로 가지고 있다고는 하지만, 전생의 이성민과 지금의 이성민은 다른 사람이라고 봐야 할 정도다.

하물며 '오우거'라는 상대는 전생의 이성민이 한 번도 상대해 보지 못했던 거물이다. 전생의 경험에 크게 의존할 수 없는 상대인 것이다.

"오우거와 싸워본 경험은?"

"본 적도 없습니다."

해가 저물 즈음에 마차가 성문의 밖을 통과했다. 이야기를 듣자 하니 오우거가 출현했다는 숲은 성문에서 반나절은 더 마차를 타야 한다는 모양이었다.

"하지만 기본적인 지식은 가지고 있다고 생각합니다만. 이대로 간다면 밤이 깊을 때 도착하게 될 텐데…… 괜찮은 겁니까?"

"토벌을 의뢰한 마을에서 하루 묵을 거야. 그러다가 밤에 오우거가 습격해 온다면…… 그때는 임기응변으로 대처해야지."

루드에게 긴장은 느껴지지 않았다. 이성민과는 다르게 루드는 이미 S급 용병이다. 오우거 토벌에 대한 경험쯤은 이미 가지고 있는 모양이었다.

"오우거라고 뭉뚱그려 말하기는 하지만, 몬스터는 같은 개체라고 하여도 완전히 같지는 않아. 일부 오우거 중에서는 마법을 사용하는 놈들도 있다."

"알고 있습니다."

"그렇다면 다행이로군. 마을에서 목격되었다는 오우거가 마법을 사용한다는 정보는 없었지만, 그래도 염두에 두는 것이 좋아. 나는 네 감시역이면서 보호를 맡기는 했지만, 처음부터 너를 도울 생각은 없어. 네가 죽을지도 모르는 상황이 되어야 널 도와줄 거야."

"알고 있습니다."

이성민이 대답했다.

해는 이미 저물었고 마차는 계속해서 달렸다. 루드는 마차의 흔들림에 몸을 맡기고서 어깨에 메고 있던 가방을 열었다. 가방 자체가 아공간 포켓이었던 것인지 루드는 가방의 안에서 큼직한 빵을 꺼냈다.

이성민은 루드가 권한 빵을 함께 나눠 먹었다. 평범한 호밀빵이었지만 미각의 금제가 사라진 이성민에게 있어서는 천상의 음식이라고 해도 좋을 정도로 맛있었다.

"무공을 익혔다고 했지? 무기는 쓰고 있나?"

"네, 창을 씁니다."

"창이라! 좋은 무기지. 난 칼을 써. 개인적으로는 창수와는 싸우고 싶지 않다고 생각해. 창은 상대하기 까다로운 무기거든."

루드는 쉼 없이 이성민에게 말을 걸었다. 루드가 하는 이야기는 이성민이 큰 흥미를 가질 만한 주제는 아니었다. 루드가 칼을 쓴다는 것쯤은 이성민도 이미 알고 있었기 때문이다.

"너는 좋은 녀석인 것 같기는 한데, 말 상대로서는 재미가 없군."

한참을 혼자 떠들던 루드가 그렇게 투덜거렸다. 그 말에 이성민은 쓰게 웃어버렸다.

"과묵한 편이라."

"자기 스스로를 과묵하다고 하는 녀석 중에서 진짜로 과묵한 녀석은 본 적이 없어. 대부분은 이거지. 그냥 너랑 대화하기 싫다는 거."

"그런 것은 아닙니다."

"농담이야."

루드가 혼자 웃음을 터뜨렸다.

밤이 깊을 즈음에 마차가 마을에 도착했다. 루드가 앞장서서 마차에 내려 마중을 나온 마을의 촌장에게 이성민을 소개했다. 이야기를 듣던 촌장이 미간을 찡그렸다.

"아직 나이가 어려 보이는데……."

"나이와 실력은 크게 상관이 없죠. 이 마을 사람 전원이 덤벼도 이 녀석이 다 죽일 수 있을걸요."

루드가 이성민의 어깨를 두드리며 히죽 웃었다. 촌장은 지저분한 수염을 가진 늙은이였다. 그는 루드의 말에 어깨를 살짝 떨다가 이성민과 눈을 맞추었다. 이성민은 무덤덤한 눈으로 촌장을 보다가 살짝 머리를 숙여 보였다.

"……크흠, 방은 마련해 두었습니다. 원하신다면 식사도 가져다 드리지요."

"감사합니다."

촌장이 이성민과 루드를 안내한 곳은 촌장네 집의 빈방이었다. 간단하게 짐을 풀고 바닥에 앉은 루드가 이성민에게 물었다.

"술이라도 한잔할까?"

"아니요."

"왜, 나이가 어려서? 웃기지도 않지. 나이랑 술이랑 무슨 상관이야? 그리고 술을 마시지 않는 용병이 세상에 어디 있어?"

루드는 그렇게 투덜거리면서 가방에서 큼직한 술병을 꺼냈다.

"술은 좋아. 긴장을 풀어주거든……."

루드는 흥얼거리면서 병나발을 불었다. 이성민은 그런 루드를 보면서 가부좌를 틀고 앉았다. 단전 속의 내공을 한 번 건드려 보기는 하였지만, 대주천은 돌리지 않았다. 루드를 완전히 신뢰하지 않기 때문이었다.

"보초를 서지 않아도 괜찮을까요?"

"우리가 왜 그렇게까지 해줘야 하지?"

벌컥거리며 술을 마시던 루드가 술병을 내려놓았다.

"우리가 받은 의뢰는 오우거의 토벌이지 마을의 보호가 아니야. 물론 저들이 돈을 더 주면서 보초를 서서 마을을 보호해 달라고 한다면 그렇게 해줄 용의는 있지. 하지만 시키지도 않은 일까지 해줄 수는 없잖아. 호구도 아니고."

이성민 스스로도 납득하고 있는 이야기다. 그 역시 용병이었기 때문이다.

"용병을 움직이는 것은 인정이나 선의가 아니야. 돈이지."

루드가 낄낄 웃으면서 술을 들이켰다. 이성민은 그 말에 가만히 머리를 끄덕거렸다. 알고 있다. 몇 년 전의 이성민이라면 애초에 이런 질문을 하지 않았을 것이다.

다만 지금은, 백소고가 잊지 말라고 했던 것들이 마음에 살짝 걸렸을 뿐이다. 하지만 크게 구애되지는 않았다. 이성민과 백소고는 다른 사람이다. 백소고가 착한 사람이라고 해서 이성민이 착한 사람이 될 필요는 없다.

백소고는 이성민에게 말했었다. 은혜를 잊지 말라고. 마을 사람에게 은혜를 입은 적은 없다. 용병이니까, 의뢰를 받아서, 이 마을에 온 것이 전부다.

밤중에 습격은 없었다. 이성민은 습관처럼 이른 아침에 눈을 떴다. 악몽이 사라져 잠은 편안했지만, 몇 년 동안 잠을 거르다시피 한 탓에 이성민은 일찍 일어나는 것에 익숙했다.

한쪽 구석에서는 루드가 몸을 웅크리고 잠에 빠져 있었다. S급 용병인 루드가 어깨를 끌어안은 채 웅크리고 자고 있는 것은 조금은 어색하게 느껴졌다.

이성민은 방바닥에 굴러다니고 있는 빈 술병을 힐긋 보고선 조용히 방을 나왔다.

새벽의 찬 공기를 호흡한다. 뒤뜰로 나선 이성민은 닭장 속에 웅크리고 있는 닭들을 보았다. 닭들은 이성민을 빤히 보기만 할 뿐 울어대지는 않았다.

이성민은 들고나온 창을 천천히 들었다.

란나찰.

구천무극창이 아닌 란나찰을 펼친다. 천천히, 천천히. 동작 하나하나를 의식하면서 전신 근육을 긴장시킨다. 기본적인 동작임에도 이성민은 조금도 건성으로 하지 않았다.

"성실하군."

루드가 나온 것은 새벽이 지나고 아침 해가 높이 떠오른 후였다. 루드는 크게 하품을 하면서 이성민에게 다가왔다.

"조금 더 자지 그랬어? 숲속을 돌아다니다 보면 피곤할 텐데."

"잠을 깊게 자지 못하는 성격이라."

"내가 밤중에 코를 심하게 곤 탓은 아니고?"

"그건 아닙니다."

이성민의 대답에 루드가 피식 웃었다. 그는 이성민이 쥐고 있는 창에 시선을 한 번 주었다. 특별할 것은 없는 창이었다. 다만…… 심하게 낡아 있었다.

"무기도 바꿔야겠다."

"예비는 가지고 있습니다."

"그렇다면 다행이고. 자, 안으로 들어가자."

루드가 이성민의 어깨를 툭툭 두드렸다.

"밥 먹고 숲에 가야 하니까."

"네."

이성민은 창을 내려놓았다.

베헨게르 같은 대도시는 성벽과 영주 휘하 기사단, 사병들에 의해 치안 유지가 되고 있다.

굳이 그 안전한 도시를 떠나 바깥에서 사는 사람들은 도시 안에서 살아갈 수 없는 이유를 가진 경우가 대부분이다. 심하게는 죄를 저질러 도시 밖으로 추방된 경우도 있고, 그런 거창한 이유가 없더라도 단순히 '돈'이 없어서 도시를 떠나 사는 경우도 있다.

　오우거 토벌을 의뢰한 이 마을이 어떤 이유로 도시를 떠나 살고 있는 것인지는 이성민으로서는 알 수가 없었다. 알 필요도 없었다. 루드가 말한 것처럼 용병을 움직이게 만드는 것은 인정 따위가 아닌 돈이다. 돈을 받고 의뢰를 넣었으니 의뢰를 이행할 뿐이다.

　"하지만 묘하군."

　숲을 걷고 있던 루드가 중얼거렸다. 그는 미간을 찡그리면서 주변을 쓱 둘러보았다.

　"이 숲, 제법 넓긴 하지만 오우거가 살기에는 너무 작은데……."

　그 말에는 이성민도 동감했다. 이성민은 오우거와 맞닥뜨린 경험은 가지고 있지 않았으나, 오우거에 대한 기본적인 지식 정도는 가지고 있었다.

　오우거는 두 발로 걷는 몬스터 중에서는 손에 꼽힐 정도로 강력한 몬스터다. 어떤 숲에 가더라도 최상위 포식자의 자리를 차지할 만한 놈이란 말이다.

　그런 오우거가 왜 이런 숲에 있는 것일까?

　숲은 제법 넓긴 하였지만 그리 크지는 않았다. 오우거 같은 대형 몬스터가 살기에는 그리 어울리지 않았다.

　"오우거는 잡식이야."

루드가 성큼성큼 걸었다.

"움직이는 모든 것을 먹지. 움직이지 않는 것도 잘 먹고. 가리는 것 없이 잘 먹어. 그래도 호불호는 있지. 왜, 그런 법이 잖아. 인간도 잡식이지만 고기를 좋아하는 것처럼. 오우거도 고기를 좋아해."

루드가 꺾여 쓰러진 나무의 앞에서 걸음을 멈추었다. 그는 미간을 찡그리며 나무의 절단면을 바라보았다. 나무꾼의 도끼질로 쓰러진 것은 아니었다.

"오우거는 크다. 키만 해도 3미터에 가깝고, 개체에 따라 다르기는 하지만 그보다 더 큰 놈도 있다. 몸뚱이가 큰 만큼 많이 먹지. ……이 숲에 오우거의 배를 채워줄 만한 식사 거리는 없어 보이는데."

루드가 묘한 표정을 지으면서 중얼거렸다. 잡식인 오우거는 고기를 선호한다. 오우거는 인간의 고기, 오크의 고기를 가리지 않는다. 일반 짐승도 먹는다. 동족인 오우거도 잡아먹는 것이 오우거다. 몬스터란 그런 놈들이다.

"토벌 의뢰가 들어온 것은 어제였죠?"

"그렇지. 오우거가 최초로 확인된 것은 이틀 전이라고 했고."

루드가 중얼거렸다.

"참 묘하단 말이야. 이 숲은 오크 같은 몬스터의 부락이 있는 것도 아니야. 고블린 부락도 없고. 알아? 오우거는 아주…… 머리가 좋아. 놈들은 포악하지만 어지간해서는 인간을 습격하지 않지. 물론 오우거와 정면으로 마주쳤을 때 오우거가 인간을 그냥 무시하고 갈 길 가는 자비로운 몬스터인 것은 아니야. 오우거가 인간을 습격하지 않는다는 것은 이런 뜻이다. 오우거 쪽에서 마을을 먼저 습격하지 않는다는 말이야."

루드는 이성민에게 자신이 알고 있는 지식을 설명해 주고 있었다. 루드가 보는 이성민은 이제 막 용병이 된, 실력은 있어도 경험이 적은 애송이인 것이다.

루드의 그런 관점과 태도가 틀린 것은 아니었다. 오우거 같은 상위 몬스터에 대해 이성민은 지식이 많지 않았다. 그렇기에 이성민은 숲을 걸으면서 루드의 말을 경청했다.

"왜지 알아? 마을을 습격한다면 그건 대형 사고가 되거든. 그런 사고가 발생한다면 제대로 된 사냥꾼이 자신을 잡으러 온다는 것을 오우거는 잘 알고 있어. 비록 이 마을이 베헨게르 성벽 바깥에 있다고 하여도, 이곳에 사는 주민들은 베헨게르 영주의 영토 안에 살아가는 백성이야. 오우거 정도의 몬스터가 마을을 습격한다면 기사단이 출정해 오우거를 토벌하게 돼. 몬스터라고 해도 죽고 싶지 않아 하는 것은 똑같아."

"하지만 저희는 기사가 아니죠."

"맞아. 우리는 용병이야. 돈에 움직이는 용병. 하지만 결과는 똑같지. 우리는 오우거를 잡기 위해 온 것이니까. 놈이 마을을 습격하지 않았다고는 해도."

"'묘하다'라는 것이 무슨 뜻인지 잘 모르겠습니다."

"이상하다는 거야. 이 숲에 오우거의 배를 채워줄 만한 식사 거리는 없어. 동물은 있겠지만…… 장기적으로 볼 때 오우거가 영역으로 삼기에 이 숲은 그리 좋은 터전이 아니야. 오우거가 터전으로 잡는 숲은 이보다 더 커야 해. 뒤탈 없이 잡아먹을 수 있는 식사 거리가 더 많아야 한다고."

"오크나 고블린 같은?"

"그렇지. 몬스터가 몬스터를 잡아먹어 봐야 용병이나 기사단이 움직일 이유는 안 되니까."

"임시로 거처를 삼은 것이 아닐까요?"

"그게 더 묘해."

루드가 미간을 찡그렸다.

"이 근방에는 오우거가 영역으로 삼을 만한 숲이 없어. 영역 다툼에서 밀린 늙은 오우거가 이곳까지 도망친 것이 아닐까 생각하기는 했는데…… 그것도 이상하단 말이야. 알아? 영역 다툼에 밀린 오우거는 사는 것을 반쯤 포기한 존재야. 마을이고 뭐고 가리지 않고 습격하고 먹지. 그런데 놈은 마을을 습격하지도 않았어."

"뭔가 이유가 있는 걸까요?"

"그 이유를 모르겠군. 사실 우리가 신경 쓸 일은 아니야. 이

숲의 오우거가 갑자기 땅에서 솟아난 것처럼 묘한 놈이기는 한데, 우리가 생각해야 할 일은 오우거가 '왜' 이 숲에 있느냐가 아니라 오우거를 '어떻게' 잡아 죽이느냐니까."

그 말에 이성민은 머리를 끄덕거렸다. 그는 이미 창을 등에 메고 있었다. 오우거와 싸우는 것은 처음이다. 긴장하지 않았다고 하면 거짓말이다.

두려움에 의한 긴장은 아니었다. 이성민이 느끼고 있는 감정은 두근거리는 흥분에 가까웠다. 이번 토벌은 절정의 경지에 오르고 나서 겪는 제대로 된 첫 실전이라고 할 수 있었다.

베헨게르까지 오면서 짐승을 몇 마리 사냥하고 마주친 몬스터를 죽이기는 했지만, 그것은 실전이라고도 할 수 없었다.

'3년 만이군.'

오우거의 흔적은 다양하게 잔존해 있었다. 거대한 발자국. 부러진 나무. 놈의 흔적을 쫓던 중에 이성민은 어떠한 위화감을 느꼈다.

"이상하네요."

이성민이 중얼거렸다. 그 말에 루드가 머리를 끄덕거렸다.

"맞아, 이상해."

"이 새끼, 똥도 안 쌉니까?"

"싸지. 먹는 것이 있다면 말이야."

루드가 미간을 찡그렸다.

"오우거는 어지간한 곳에서도 최상위 포식자로 먹힌다. 놈들은 당당해. 싸지른 똥을 숨기지 않는단 말이야. 오히려 그것을 제 영역의 증거로 삼지. 그런데…… 오우거 있다는 흔적은 있는데 똥이 안 보여."

보이지 않는 것은 오우거의 배변뿐만이 아니었다. '식사'의 흔적도 보이지 않는다. 대신에 다른 흔적을 발견했다.

처참하게 찢겨 죽은 사슴의 사체였다. 그것은 사체라기보다는 해체된 고깃덩이라고 봐야 옳았다. 오우거 특유의 괴력으로 해체한 고깃덩이.

이성민과 루드는 물끄러미 사슴의 사체를 내려 보았다.

"안 먹었네요."

"왜지?"

찢어서 해체해 놓은 사체에는 식사의 흔적이 보이지 않았다. 물어뜯은 자국조차 없다. 그냥…… 뜯어놓았을 뿐이다.

사체는 계속해서 발견되었다. 다양한 짐승의 사체가 마구잡이로 뜯겨 있었다. 부러진 나무의 밑동에 내장이 걸려 있는 광경이 그로테스크하게 보였다.

"이상해."

루드가 중얼거렸다. 루드는 오우거의 토벌 경험을 가지고 있었다. 세 마리의 오우거를 잡아 보았는데, 루드가 토벌했던 오우거 중에서 이렇게까지 묘한 놈은 없었다.

"오우거가 맞기는 한 건가?"

그런 중얼거림 속에서.

이성민은 피부로 느꼈다. 흠칫 하고 올라온 소름이었다. 귀로 듣고 코로 맡고 냄새로 맡기 이전에, 이성민은 '느꼈다'. 그것은 이성민이 므쉬의 산에서 수행하면서 얻은 육감이라고 할 수 있는 감각의 경고였다.

이성민은 즉시 창을 뽑았다. 이성민이 느낀 것을 루드는 느끼지 못했다. 하지만 루드는 이성민의 행동에 의문을 품지는 않았다. 그는 즉시 뒤로 물러서면서 검을 뽑았다.

쿵.

피부로 느낀 뒤에야 소리가 들린다. 무언가가 움직이는 소리였다. 묵직한…… 발소리였다.

쿵, 쿵.

발소리가 다가온다.

우드득, 쿠우웅!

휘두른 손짓에 나무가 무너진다.

저런 거구가 어디에 웅크리고 있었던 것일까?

루드와 이성민은 경악을 삼키고서 모습을 드러낸 오우거를 보았다.

아니, 저것을 오우거라고 해야 할까?

"……저게 뭐야……?"

루드가 중얼거렸다. 등장한 오우거는…… 묘했다. 묘한 모습이었다. 덩치와 생김새는 의심할 것 없이 오우거라고 할 수 있었다.

그런데 다르다. 거대한 입이 꿰여 있었다. 굵직한 실 같은 것이 오우거의 입술을 강하게 조이고 있었다. 입뿐만이 아니었다. 오우거의 전신에 누더기를 기운 듯한 흔적이 남아 있었다.

루드는 꿀꺽 침을 삼켰다.

자세히 보면 몸뚱이도 오우거와는 달랐다. 오른손과 왼쪽 손의 형태가 다르다. 오른손은 굵직한 오우거의 손이었지만, 왼쪽 손은 손가락이 얇고 손톱이 길었다.

이성민은 오우거의 왼쪽 손목에 박힌 실을 보았다. 근육의 형태, 피부의 색이 조금씩 다르다. 그리고 눈동자. 오우거의 양 눈은 색이 달랐다.

"……키메라?"

이성민이 중얼거렸다. 그 말에 루드의 어깨가 바르르 떨렸다.

키메라.

몬스터와 몬스터를 엮어 만든 몬스터다. 물론 키메라라는 몬스터가 자연적으로 발생하는 것은 아니다. 키메라는 마법 연구의 산물이다.

"도망치자."

루드가 작은 목소리로 말했다.

오우거를 베이스로 한 키메라라니!

그런 몬스터는 들어본 적도 없었다. 만약 저것이 정말 오우거 키메라라면 승산은 희박했다. 아무리 루드가 절정고수의 실력을 가진 S급 헌터라고 해도, 오우거 키메라를 상대로 이길 자신은 없었다.

키메라에는 다양한 마법적 처리가 들어간다. 애초에 키메라 연구가 목표로 삼고 있는 것은 '종의 궁극'이다. 하나의 종이 도달할 수 있는 한계는 명확하고, 진화를 이루어 내기에는 종의 한계를 넘어서는 조건이 부족하다. 그렇기에 키메라 연구가 시작되었다. 서로 다른 종을 섞어 인위적으로 종의 궁극에 도달하기 위한 연구가 키메라 연구다. 즉, 모든 키메라는 궁극에 도달하기 위한 다양한 시술이 행해진 놈들이란 것이다.

단순한 오크 키메라라고 하더라도 베이스가 오크일 뿐이지, 어떤 시술을 행했느냐에 따라 그 강함은 천지 차이다. 하물며 종 자체로도 최상위 포식자라고 할 수 있는 오우거를 베이스로 한 키메라라면…… S급 용병이 상대할 만한 몬스터가 아니다.

"크으으으으!"

오우거가 거대한 고함을 내질렀다. 꽉 물린 입술 탓에 고함은 웅웅거리는 울림이 되었다. 그것을 보고서야 '왜' 저 오우거가 식사를 하지 않았는지 알 수 있었다.

놈은 식사를 하지 않은 것이 아니다. 식사를 하지 못한 것이다. 입이 닫혀 있으니 먹을 수가 없었고, 그에 대한 화풀이로써 사냥감을 찢어놓은 것이겠지.

굶주림은 포악함이 된다. 오우거가 달리기 시작했다. 도망쳐야 한다. 루드가 그렇게 말한 것처럼 이성민은 한 걸음 뒤로 물러섰다.

하지만 이성민과 루드가 몸을 빼는 것보다 오우거가 덮치는 것이 더 빨랐다.

부릅뜬 이성민의 눈에 오우거의 움직임이 잡힌다. 놈은 거대한 주먹을 휘둘렀다. 그 묵직한 폭력이 이성민의 몸을 노렸다. 얻어맞는다면 전신 뼈가 박살 나고 내장이 터져 죽을 것이다.

죽는다.

여기서?

산에서의 고행이 머리를 스친다. 매일매일 펼쳤던 걸음이 이성민의 의식에 잡혔다. 그를 의식적이라고 해야 할까 무의식적이라고 해야 할까. '해야 한다'. 그런 생각을 했고, 이성민은 걸음을 움직였다.

이곳은 므쉬의 산이 아니다. 이성민의 몸은 무겁지 않았다.

무영탈혼(舞影脫魂) 일식(一式), 일보무흔(一步無痕).

이성민의 몸이 사라졌다. 뒤쪽에서 이성민을 보고 있던 루드의 눈이 놀람으로 크게 뜨여졌다. 어느새 이성민은 오우거의 품 안으로 들어가고 있었다.

빠름.

그것은 이성민에게 있어서는 그리 익숙한 감각은 아니었다. 므쉬의 산에서 보았던 3년 동안 이성민의 몸이 익숙해진 것은 무거움이었다.

비록 그것이 감각상에 존재하는 무거움이라고 하여도, 금제로 겪은 무거움은 이성민의 몸을 언제나 느리게 만들었다.

실재하지 않는 무거움이라고 하여도 그를 견뎌내기 위해 이성민은 다양한 수단을 사용해야만 했다. 근력은 물론이고 내공, 마법까지.

그런 무거움 속에서 펼쳤던 무영탈혼은 언제나 성장이 더뎠으며 최상승의 보법이자 신법이라고는 할 수 없을 정도로 느렸었다.

하지만 지금은 아니었다. 이곳은 므쉬의 산이 아니기 때문이다. 이성민의 몸을 짓눌렀던 무거움은 이곳에서는 존재하지 않는다.

금제 없는 자유로움 속에서 펼친 무영탈혼의 일식, 일보무흔은 펼친 이성민 본인이 놀랄 정도로 빨랐다.

당황하지 마.

이성민은 놀란 가슴을 진정시키며 냉정해지려 애썼다. 생각해 보면 어쩔 수 없었다. 이 싸움이 이성민이 므쉬의 산에서 내려온 이후 겪는 제대로 된 실전이었다.

오우거. 단순한 오우거가 아니다. 도대체 어떤 미치광이 마법사가 손을 댄 것인지는 모르겠지만, 저것은 오우거 아닌 키메라였다.

오우거를 베이스로 한 키메라. 종의 극한을 추구하는 키메라 연구에 걸맞게 오우거를 베이스로 삼은 오우거는 오우거라는 종의 극한을 인위적으로 뛰어넘는다는 거창한 목표에 근접해 있었다.

오우거의 눈동자가 이성민을 좇는다. 입이 꿰매진 오우거는 위협적인 고함을 지르지는 못했으나, 바르르 떨리는 두꺼운 입술과 벌름거리는 콧구멍, 부릅뜬 눈동자는 소리 없는 위협을 던지고 있었다.

두 발로 걷는 몬스터 중 최상위 포식자로 꼽히는 것이 오우거다. 그런 몬스터가 이성민을 죽일 듯이 보고 있었다.

그 강렬한 살의. 시선 자체가 폭력이다.

날카롭게 벼린 이성민의 피부와 육감은 오우거의 살의를 읽어냈다.

죽는다. 놈이 나를 죽이려고 한다.

……죽을 수는 없다.

사고가 이어진다.

죽을 수는 없다. 그것은 이성민이 취해야 하는 절대적인 결론이었다.

그리고 몸은 사고를 따라 움직인다. 이성민의 양손이 창을 잡았다. 오우거의 왼손이 움직이는 것이 보인다.

이형의 손. 오우거의 손이 아니다. 다른 몬스터의 손을 뜯어다 붙인 것일까? 어떤 몬스터의 손인지는 모르겠지만, 칼날처럼 날카롭고 긴 손톱이 이성민을 덮쳤다.

"위험!"

뒤쪽에서 보고 있던 루드가 고함을 질러 경고했다.

알고 있다. 굳이 알려줄 필요도 없다.

이성민은 당황하지 않고 침착하게 움직였다. 이성민의 발이 쭉 앞으로 미끄러졌다.

무영탈혼 이식(二式), 일보무영(一步舞影).

이성민의 그림자가 춤을 춘다. 빠름의 극한을 추구하는 무영탈혼이 보법의 형태로 펼쳐졌다.

한 걸음으로 그림자가 춤을 추게 하고 이성민의 몸은 사라진다. 오우거가 휘두른 손톱은 이성민의 몸에 닿지 못했다.

파고들면서, 이성민은 창을 잡은 손에 힘을 주었다.

'발경'이란 효과적으로 힘을 내지르는 방법이다. 그에 대한 기본적인 지식은 위지호연에게 배웠고, 산에서의 생활은 발경을 호흡처럼 자연스럽게 펼칠 수 있게끔 만들어주었다.

거기에 내공의 도움으로 폭발력을 싣는다.

란나찰. 그중 '찰'은 찌르기를 말한다. 자하신공이 운용되면서 자색의 기운이 창끝을 덮었다. 발경 중 전사경의 회전이 더해진 창끝이 오우거의 가슴팍으로 쏘아졌다.

구천무극창 일초(一招), 추혼일살(追魂一殺).

그것을 정면으로 얻어맞았음에도 오우거의 몸은 뚫리지 않았다. 놈은 그저 몇 걸음 물러섰고, 이성민은 양손에 강한 저항감을 느꼈다.

'단단해.'

일초를 내지름으로써 이성민은 오우거가 얼마나 단단한지 알게 되었다. 애당초 일격에 쓰러뜨리리라는 생각은 하고 있지 않았다. 다만, 놈의 단단함을 확인해 보았을 뿐이다.

'말도 안 돼. 저걸 맞고도 상처 하나 없다고……?'

이성민 대신에 놀란 것은 루드였다.

루드가 본 이성민이 펼친 찌르기는 완벽했다.

나라면 막을 수 있었을까? 아니, 막기보다는 피하는 것을 택했겠지.

저 정도로 강렬한 회전이 섞인 찌르기를, 그것도 기까지 덮인 공격을 정면으로 받는다는 것은 멍청한 짓이다.

그런데 저 오우거는 공격을 맞고서 버텼다. 아무리 오우거가 강력한 몬스터라고는 하지만…… 믿을 수 없는 일이었다.

'아니, 단순한 오우거가 아니지. 키메라……. 이 근처에 흑마법사라도 있는 것인가?'

루드는 미간을 찌그리면서 행동을 망설였다. 이성적으로 판단하자면 이 장소에서 도망치는 것이 옳다. 오우거 키메라라면 그 강함이 미지수이니 괜히 마주 덤벼 위험을 감수할 이유가 없단 말이다.

마을 주민들이 내건 의뢰금은 오우거의 토벌금으로는 적당해도 키메라 토벌금으로는 한참이나 부족했다.

'아니, 도망치기엔 이미 늦었어……. 빌어먹을, 수지가 안 맞는군.'

루드는 아랫입술을 빠득 씹으면서 앞으로 나섰다. 이미 오우거를 공격해 버린 이상, 호락호락하게 놓아줄 리가 없었다. 그렇다면 차라리 힘을 합쳐서 놈을 토벌하는 것이 나을 것이다.

[괜찮습니다.]

루드가 나서려는 순간이었다. 루드의 머릿속에 이성민의

목소리가 울렸다. 루드는 흠칫 놀라 이성민의 등을 보았다. 이성민은 루드를 돌아보지 않고, 창을 쥐고서 자세를 낮추고 있었다.

[너 미쳤어? 상대는 키메라야! 그냥 오우거가 아니라고!]

[알고 있습니다.]

[알기는, 씨팔……! 너 오우거랑 싸워본 적도 없다며! 오우거 키메라라는 괴물은 나도 들어본 적이 없단 말이다! 방금 공격에 상처 하나 없는 것을 보면, 높은 트윈 헤드 이상의 괴물이야!]

트윈 헤드. 두 개의 머리를 가진 오우거를 말하는 것이다. 이성민은 루드의 말에 현실성은 크게 느낄 수가 없었다. 그는 트윈 헤드와 싸워본 적이 없었으니까.

[할 수 있습니다.]

이성민이 전음으로 답했다.

대화 도중에도 오우거는 공격을 멈추지 않았다. 입이 꿰매진 오우거는 굶주림으로 인해 극도로 포악해진 상태였다. 사냥당하는 것이 두려워 마을은 습격하지 않았을 뿐. 마주친 인간을 용서해 줄 정도로 오우거는 상냥한 몬스터가 아니다. 하물며 극도로 굶주린 상태에, 공격까지 받았다면 더더욱.

"크으으으으!"

꽉 물린 입술 사이로 오우거가 포효했다. 전신의 털을 오싹하고 곤두세울 만큼의 살의가 이성민을 덮쳤다. 호흡이 순간

우뚝 멈췄다. 오우거의 포효에 놀라서가 아니라 이성민이 스스로 멈추었다.

멈춘 호흡 속에서 이성민이 움직였다.

일보무영(一步舞影).

그림자가 춤을 춘다. 보법을 펼쳐 오우거의 눈을 어지럽히면서 이성민은 내공을 보다 더 강하게 끌어올렸다. 자하신공의 내공이 이성민의 근력에 깃들고 몸을 받쳤다.

구천무극창 이초(二招), 분뢰추살(分雷追殺).

춤추는 그림자가 창을 내지른다. 사방에서 뻗어진 찌르기는 이름 그대로 번개가 갈라지는 것 같았다. 찌르기 하나하나에 회전이 실리고 내공이 실렸다.

오우거의 단단한 피부는 찌르기를 찌르기로 만들지 않았다. 하지만 찌르기가 아니어도 타격은 되었다. 오우거의 몸이 연신 뒤로 밀려났다.

오우거의 얼굴이 일그러졌다. 질기고 단단한 피부는 창끝이 파고들어 오는 것을 허용하지 않았으나, 통증을 아예 느끼지 못하는 것은 아니었다. 오우거가 다문 입술 속에서 포효하며 크게 오른팔을 휘둘렀다.

보인다.

보이는 정도가 아니다. 느리다. 느리게…… 보였다.

사실 그것도 틀렸다. 오우거의 공격은 느리지 않았다. 다만, 이성민의 속도가 오우거보다 빨랐을 뿐이다. 다른 속도의 세계에서 이성민이 보는 오우거의 공격은 느렸다.

비록 오우거의 공격이 일격에 이성민의 몸을 분쇄할 만큼의 힘을 가지고 있다고 하여도, 맞지 않는다면 의미가 없다.

휘두른 오른팔의 아래로 파고든 이성민은 창을 빙글 돌렸다.

창이라는 무기는 단순히 찌르는 것만이 아니다. 창 전체를 사용할 줄 알아야 한다.

위지호연의 가르침이 이성민의 머릿속에 울렸다. 위지호연에게 창술의 기본을 배웠던 것은 벌써 4년 전이었으나, 이성민은 단 한 번도 그를 잊어본 적이 없었다. 위지호연은 이성민의 첫 친구였으며, 첫 스승이었다. 잊을 리가 없다. 잊을 수가 없었다.

창두의 끄트머리에 붙은 창준은 창의 무게 균형을 잡아주는 역할을 함과 동시에, 그 자체로도 무기로 사용할 수 있다. 창준은 쇠붙이다. 쇠붙이로 때리는 것이 아프지 않을 리가 없지 않은가. 하물며 내공을 싣는다면, 기로 감싼다면.

꽈아앙!

창준이 둔기가 되었다. 크게 휘둘러 친 창준이 오우거의 늑골을 두드렸다.

오우거가 크게 숨을 삼켰다. 벌름거리는 콧구멍을 본다. 놈의 눈에 어린 감정을 읽는다. 놈은 당황하고 있었다.

창준의 반대편에 있는, 창의 송곳니라고 할 수 있는 날붙이를 창두라고 한다. 창두의 아래에 붙은 수실은 창영, 이것은 창두가 꿰뚫어 흘러내리는 피를 막음과 동시에, 마주한 상대의 눈을 어지럽히는 것으로도 쓰인다.

알고 있다. 기억하고 있다.

창영이 크게 흔들린다. 붉은 수실이 춤을 춘다. 붉은색은 시선을 집중시키게 만든다. 또한, 그 색은 상대를 흥분시키게 만든다.

지금의 경우에서 이성민이 노리는 것은 시선을 집중시키는 붉음이었다.

춤을 추는 수실이 오우거의 눈을 어지럽힌다. 환(幻)이다. 환은 변(變)을 만들고, 변 속에 허(虛)를 숨긴다.

그래, 이건 허초다. 그리고 실(實)에 살(殺)을.

콰아악!

높게 솟구친 창끝이 오우거의 눈을 꿰뚫었다. 오우거가 비명을 질렀다. 꽉 다문 입술 사이에서 울리는 비명이었다. 아무리 피부가 질기다고 하여도 눈까지 단단한 것은 아니다. 흔들리는 창영을 좇던 눈동자는 창영 속에서 튀어 나간 창두를 보지 못했다.

잃은 것은 왼쪽 눈동자. 힘을 주어 더 강하게 박아 넣으려 하였으나, 오우거가 발작하여 휘두른 손톱에 이성민은 미련 없이 창을 놓았다.

이성민은 무영탈혼을 사용해 뒤로 물러서면서 허리에 매어 놓았던 아공간 포켓에 손을 집어넣었다. 이성민은 새로운 창을 꺼내 쥐었다.

그러는 사이에 오우거는 눈에 박힌 창을 뽑아내 부러뜨렸다. 오우거의 왼쪽 눈동자가 붉게 물들어 피가 철철 흘러내렸다.

이성민은 조급해하지 않았다. 그는 새로이 꺼낸 창의 감촉을 손에 쥐어 확인하면서 천천히 호흡을 가다듬었다.

일격에 죽일 수 없다면 계속해서 상처입히면 된다.

그리고 이성민은 잘 알고 있었다. 상처 입은 몬스터는 더욱 미쳐 날뛴다는 것을.

'저놈…….'

루드는 이성민의 등을 보면서 할 말을 잃었다.

저 녀석이 정말로…… 4년 전에 이 세계에 소환된 노 클래스란 말인가?

말도 안 된다는 생각을 했다.

4년 동안 무공을 다려하여 절정의 벽을 넘었다는 것은 어떻게든 이해할 수 있다. 세상에는 그것이 가능한 천재도 있는 법이다.

하지만 실전은 다르다. 실전은…… 해봐야 늘어나는 것이다. 듣자 하니 오우거와 싸우는 것도 이번이 처음이라고 하지 않았던가.

'어떻게 저럴 수가 있지?'

루드는 이성민에게서 18살의 소년이 아닌 다른 모습을 보았다.

노련한 용병의 모습을.

왼쪽 눈을 앗아간 것으로 얼마큼의 우세를 얻을 수 있을까.

아니, 우세에 대해서는 생각하지 마라. 상처 입은 몬스터는 광분한다.

우세하게 되었다고 마음을 놓았다가는 이쪽이 손해를 본다. 하물며 오우거 키메라의 일격은 이성민의 몸을 한 번에 피떡으로 만들 수 있을 정도로 강력하다.

새로운 창을 쥔 이성민은 숨죽이고 오우거의 다음 행동을 지켜보았다.

왼쪽 눈을 감싼 오우거는 숨을 씨근거리면서 하나밖에 남지 않은 눈으로 이성민을 노려보았다. 그리고 오우거의 손이 떨어졌을 때, 왼쪽 눈은 멀쩡하게 돌아와 있었다.

재생력.

이성민의 머릿속에 그것이 스쳐 지나갔다.

그래, 오우거는 강력한 재생력을 갖추고 있다.

오우거가 최상위 포식자인 이유 중 하나가 저것이다. 어지간한 상처 따위는 순식간에 재생해 버리는 재생력.

"키메라라고!"

루드가 뒤에서 고함을 질렀다. 아무리 재생력이 강하다고 해도 꿰뚫린 눈동자를 재생할 정도로 강한 힘이라면 재생력이 아니라 불사력이라고 해야 할 것이다. 그럼에도 저 오우거가 눈동자를 재생해 낸 것은, 저것이 단순한 오우거가 아니라 키메라였기 때문이다.

'하나 배웠군. 상처 하나로는 안 돼.'

이성민은 살짝 머리를 끄덕거렸다. 공부가 되었다. 오우거와는 처음 싸워보고, 키메라도 마찬가지지만…… 상처를 입혔다는 것에 우월감을 느끼지 않아 다행이라고 생각했다.

어떻게 해야 하지?

상처를 재생시킨 오우거의 시선을 본다. 마치 비웃는 것 같았다. 결국은 이 정도밖에 안 되느냐고.

그것은 이성민의 마음속에서 울리는 목소리기도 했다. 므쉬의 산에서 매일매일 꾸었던 악몽이, 귀를 떠돌던 잡음이, 코를 떠돌던 악취가.

그리고 세상이 어둡게 물든다. 두 눈의 금제를 받았던 것처럼, 호흡을 삼켰을 때 그것은 모두 사라졌다.

산이 아닌 숲이 보인다. 귀에는 잡음이 떠돌지 않는다. 코에는 악취가 떠돌지 않는다. 세상은 어둡지 않다.

나는 무섭지 않다.

쉭.

비웃는 오우거의 안면을 향해 창두가 쏘아졌다. 오우거의 머리가 옆으로 움직여 창두를 피해냈다. 창을 대각선으로 들어 올렸던 이성민은 찌른 창을 그대로 옆으로 휘둘렀다.

빠악!

창간이 오우거의 관자놀이를 때렸다. 죽이기 위한 공격이라기보다는 자극하기 위한 공격이었다. 오우거는 그렇게 해주었다. 아픔도 없는 공격이었지만 얼굴을 맞았다는 것은 불쾌하게 만들기에 충분했다.

오우거가 주먹을 크게 휘둘러 이성민을 향해 내리찍는다. 이성민은 창간을 잡은 손의 위치를 바꾸면서 한 걸음 뒤로 물러섰고 창을 빙글 돌렸다.

란, 나, 찰.

창법의 기본이라고 할 수 있는 것이 그 셋이다.

'란'은 외전이다.

이성민은 창을 바깥으로 돌렸다. 오우거의 주먹이 이성민의 창과 닿았고, 회전에 휘둘렸다.

빠아앙!

터지는 소리와 함께 오우거의 팔이 바깥으로 튕겨 나갔다.

란나찰. 수십, 수백, 수천, 수만 번을 휘둘렀다.

튕겨난 팔이 가리지 못하는 가슴팍을 향해 '찰'이 쏘아진다. 오우거가 몸을 비틀었다. 날카로운 왼팔의 손톱이 창두를 자르려 들었다.

'나'. 내전이다.

안쪽으로 빙글 돌린 창이 손톱과 부딪친 순간, 오우거의 왼팔 전체가 안으로 말려 들어갔다. 이성민은 찌르던 창을 회수하며 창간을 잡은 손의 위치를 바꿨다. 그리고 아래로 내리찍는다. 대각선으로 떨어진 창이 오우거의 왼쪽 무릎 관절에 박혔다.

아무리 피부가 단단하다고 해도 무른 곳은 있게 마련. 일점으로 찌른 일격이 피부를 뚫고 관절을 박살 냈다. 오우거의 육중한 몸뚱이가 휘청거린다. 찔러 넣은 창을 뽑는다. 자색의 기는 안개처럼 창두를 둘러싸고 있었다.

오우거의 재생력으로 박살 난 관절을 재생하는 것에 얼마나 시간이 걸릴까.

이성민은 그를 신경 쓰지 않았다. 그는 철저하게 오우거를 사냥하기 위해 움직였다. 다시 한번 '찰'이 쏘아진다. 균형을 잃은 오우거가 팔을 휘저었지만, 왼쪽 다리가 몸을 지탱해 주지 못하니 팔은 허무하게 허공을 갈랐을 뿐이다.

콰드득!

창이 오우거의 오른쪽 무릎을 꿰뚫었다. 이성민은 창을 아주 깊이 박아 넣어 창두가 오우거의 무릎 반대쪽 오금을 찢고 나올 때까지 찔렀다. 그러고는 창간을 둘로 분리했다. 아무리 재생력이 강하다고 해도 관절에 창이 박힌 이상 창을 뽑아내는 것이 먼저일 것이다.

이성민은 분리시킨 창을 빙글 돌렸다. 창준을 창두의 대신으로 삼는다. 예리함이 부족하기는 하지만 그 정도는 기와 발경으로 대신하면 된다.

오우거의 얼굴에는 더 이상 비웃음이 남아 있지 않았다. 오우거는 일단 무릎에 박힌 창을 뽑으려 들었다.

일보무흔(一步無痕).

이성민의 몸이 오우거의 시야 바깥으로 사라졌다. 오우거는 이성민을 보지 못했지만 루드는 이성민을 보았다. 오우거의 시야 바깥, 왼쪽으로 이동한 이성민이 오우거의 옆으로 돌아가는 것을.

오우거가 왼손을 뻗어 무릎에 박힌 창을 뽑으려 들을 때, 오우거의 왼쪽으로 돌아간 이성민은 반으로 나눈 창을 들었다.

푸욱.

오우거의 왼팔 겨드랑이 사이를 창준이 파고들었다. 이번에도 깊이, 아주 깊이 찔러 넣었다. 연약한 겨드랑이 살을 찢고 들어간 창준이 오우거의 어깨로 튀어나왔다.

"크으으으의!"

오우거가 비명을 지른다. 이전과는 다른 비명이었다.

아프겠지.

아무리 재생력을 가지고 있다고 해도 아픔은 진짜다.

이성민은 바로 아공간 포켓에서 새로운 창을 꺼냈다. 오우거는 아직 다리의 상처를 재생시키지 못했다. 일어서지 못했다.

이성민의 손에서 창이 폭발했다. 창영이 미친 듯이 춤을 추었다.

분뢰추살(分雷追殺).

구천무극창의 이초가 오우거의 전면으로 쏘아졌다.

투두두두둥!

연격은 오우거의 몸을 꿰뚫지는 못했으나 뒤로 넘어뜨리는 것은 가능하게 만들었다.

오우거의 몸이 뒤로 넘어갔다. 오우거는 오른팔을 허우적거리면서 저항하였으나, 한쪽 팔뿐인 저항은 이성민이 보기에는 느렸다. 너무…… 느렸다.

매미의 울음소리가 귀에 들린다. 므쉬의 산에서 들었던 그 잡음이.

매미가 되고 싶었던 것은 아니다. 산에서의 이성민은 땅속 깊은 곳에 웅크려 지상으로 나가는 것을 기다리는 매미의 유충이었을지도 모르나, 이성민이 바라였던 것은 매미 따위가 아니었다.

긴 세월 웅크리고, 밖으로 나와 울고, 죽는. 그런 매미의 삶을 바라지는 않았다.

그렇다면 이성민은 무엇을 바라였는가. 무엇이 되고 싶었는가. 매미가 아닌 무엇이 되기를 꿈꾸었나.

모른다.

그 질문에 대해 이성민은 스스로 답할 수가 없었다.

매미가 아닌…… 다른 무언가.

그 무언가가 무엇인지 모른다. 넘고자 하는 것은 위지호연이었고, 지키고 싶은 것은 백소고였으며, 보고자 한 것은 무의 끝이었다.

그 끝에 무엇이 있는지 모른다. 평생을 매진한다고 해도 그에 도달할 수 있을지는 모른다.

하지만 분명한 것은 있었다.

죽을 수는 없다. 죽는다면 아무것도 할 수가 없다. 위지호연을 넘지도 못하고, 백소고를 지키지도 못하고, 무의 끝도 볼 수가 없다.

죽음은 덧없고도 허무하다. 이성민은 그를 잘 알고 있었다. 그는 이미 한 번 죽어보았으니까. 그 죽음의 끝에서…… 또다시 과거로 돌아오는 것은 불가능할 것이다.

모든 인간의 삶은 한 번뿐이다. 이성민의 경우에는 운이 좋아 두 번이었지만, 다음은 없다. 그러니 후회를 남기고 싶지 않았다.

이곳에서 죽을 수는 없다. 이깟, 몬스터 따위에게 가로막혀서는 안 된다. 위지호연이라면 이런 몬스터 따위 아주 쉽게 죽였을 것이다.

백소고도 그렇겠지.

백소고를 지키고 싶다 생각했는데 백소고보다 약하다는 것은 어불성설이다. 위지호연을 넘고자 한다면 더 높은 곳을 봐야 하며 더 멀리 가야 한다.

그 길의 끝에 무의 극한이 있을까.

매미는 갈 수 없는 길이다. 이성민은 매미가 아니다. 산에서의 그는 유충이었을지도 몰라도 산을 나온 지금의 이성민은 매미가 아닌 다른 무언가였다.

'나는.'

이성민은 오우거에게 다가갔다. 뒤로 넘어진 오우거는 몸을 일으키지 못하고 벌레처럼 꿈틀거리고 있었다.

이성민은 무표정한 얼굴을 하고서 양손으로 창을 쥐었다.

쉭.

창이 쏘아졌다. 무의미한 저항을 파고든 창은 날카로운 '찰'이었다.

왼쪽 눈, 그다음은 오른쪽 눈.

흥분은 없었다. 이성민의 기분은 고요했다. 그것은 이성민 스스로 느끼기에도 신기한 기분이었다. 뿌듯함을 기대하였는데, 없었다. 뿌듯함보다는…… '당연히 이렇게 되어야 한다'라는 기분을 느꼈을 뿐이다.

루드는 경악과 침묵 속에서 이성민의 행동을 보았다. 오우거의 양쪽 눈을 앗아간 이성민은 양손으로 창간을 꽉 쥐었다. 그리고 몇 번이나, 몇 번이나 아래로 창을 내리찍었다.

오우거의 목이었다. 피부가 찢긴다. 목젖이 뚫린다. 오우거의 입에서 가륵 하고 피거품이 올라왔다. 목을 꿰뚫은 이성민은 걸음을 옮겨 오우거의 머리로 이동했다. 그리고 다시 창을 내리찍는 것을 반복했다.

오래지 않아 오우거의 몸이 우뚝하고 멎었다.

죽었다.

종의 극한을 추구하는 것이 키메라의 연구다. 오우거를 베이스로 한, 오우거라는 종의 극한을 추구하던 키메라가……
그렇게 죽었다.

"너…… 대체 뭐냐?"

루드가 머뭇거리면서 물었다. 오우거의 사체를 내려 보던
이성민은 미간 사이에 박아 넣었던 창을 뽑으면서 대답했다.

"사람입니다."

"지금 말장난하자는 거야?"

"맞는 말이지 않습니까."

이성민은 쓰게 웃으면서 대답했다. 창을 뽑아낸 이성민은
루드를 보며 말했다.

"저 좀 도와주시지요. 목을 베어 머리를 가져가야 하는데……
창으로는 목을 베기가 힘들어서요."

"아니, 그냥 통째로 가져간다."

루드가 내뱉었다. 그는 성큼거리며 이성민에게 다가오더
니, 등에 메고 있던 가방을 열었다. 그 가방에서 루드가 꺼낸
것은 주먹 두 개를 붙인 것 같은 크기의 목함이었다.

"오우거 키메라의 사체라면 통째로 가져갈 가치가 있어. 어
떤 미친 마법사가 오우거 키메라를 숲에 풀어놓은 것인지도
알아봐야 하고."

루드는 활짝 연 목함을 오우거 사체의 앞에 내려놓았다. 그
러자 오우거의 시체가 목함 안으로 빨려 들어갔다.

"실력 검증은 된 것이겠죠?"

이성민이 물었다. 그 말에 루드가 어이가 없다는 표정을 지었다.

"……너 내가 한 말 못 들은 거냐? 오우거 키메라는 트윈 헤드급이야. 자세한 것은 길드로 돌아가 조사해 봐야겠지만, 내가 보기에는 트윈 헤드급의 괴물이었어. 실력 검증으로 트윈 헤드를 잡는다는 것은 들어본 적도 없다. 너…… S급은 그냥 받을 거고, 어쩌면 SS급을 받을지도 몰라."

루드의 말에 이성민은 빙그레 웃었다. 가진 실력에 대해서 인정을 받으니 기분이 좋았다. 므쉬의 산에서 했던 고행이 헛고생이 아닌 것이 증명된 것이다.

"대체 어떤 미친 새끼가 여기에 오우거 키메라를 풀어놓은 거야?"

루드가 투덜거렸다.

그 말에 이성민은 마음속으로 짚이는 것이 있었다.

흑마법사의 던전.

자세한 위치는 이성민도 모른다. 알고 있다면 미리 가서 확인이라도 했었겠지만, 자세한 위치를 알지 못해 내버려 두고 있었다. 분명한 것은 앞으로 반년 안에 흑마법사의 던전이 발견된다는 것이다.

베헨게르 성벽 바깥에 나타난 오우거 키메라. 키메라 연구는 다양한 마법사가 하고 있지만, 이런 식으로 '뒤처리'를 하는 것은 아무래도 흑마법사에게 어울린다.

'그러고 보니, 내가 전생을 살았을 적에는 용병 길드에서 오우거 키메라를 잡았다는 이야기는 없었어.'

어쩌면 전생에서는 용병 길드가 오우거 토벌 의뢰를 무시했던 것일지도 모른다.

하지만 그렇게 되었다면 오우거 키메라가 마을을 습격했을 텐데.

이성민은 전생의 기억과 지금의 기억을 대조해 보면서 미간을 찡그렸다.

"뭐 해? 돌아가자."

루드가 이성민의 어깨를 두드렸다.

"네."

이성민은 머리를 끄덕거렸다.

"키메라?"

보고를 들은 베른의 눈이 크게 떠졌다. 그런 베른을 향해 루드가 숲에서 있었던 일에 관해 설명해 주었다. 이야기를 듣는 내내 베른은 이성민을 보았다. 단독으로 오우거 키메라를 토벌했으면서도 이성민의 몸에는 상처 하나 없었다.

솔직히 말해서, 베른은 이성민이 단독으로 오우거 토벌이 가능하다는 생각은 하지 않고 있었다. 노 클래스 출신의 절정 고수. 그 재능이 진짜라고는 해도 실전 경험이 부족할 것이라고 생각했기 때문이다.

그래서 루드를 함께 보냈다. 그런데 얘기를 들어보니 루드는 나서지도 않았고, 이성민 혼자서 오우거 키메라를 토벌했다지 않는가.

이성민의 얼굴을 물끄러미 보던 베른이 입을 열었다.

"……애매해졌군."

"예?"

베른의 말에 이성민이 머리를 갸웃거렸다. 베른은 콧잔등을 손으로 문지르면서 미간을 찡그렸다.

"원래는 오우거 토벌에서 돌아왔을 때, 자네에게 S급을 주려고 했어. 그런데 오우거 키메라라니……."

"SS급으로 주면 되지 않습니까."

듣고 있던 루드가 의견을 냈다. 그 말에 베른이 한숨을 내쉬면서 말했다.

"SS급을 쉽게 줄 수는 없지."

"오우거 키메라 단독 토벌이면 SS급을 주기에 충분하다고 보는데."

"나 혼자서 결정할 일이 아니야."

베른은 그렇게 말하면서 이성민을 힐긋 보았다.

"물론 실적 자체는 SS급을 주기에 충분하다고 봐. 하지만, 용병 길드에 가입하자마자 SS급에 배정하는 것은 전례가 없는 일이지. 그리고 SS급은 나 혼자서 결정할 일도 아니고."

"저는 상관없습니다."

이성민이 입을 열었다.

"애초에 생각하셨던 대로 S급에 배정되어도 불만은 없습니다. 등급이야 앞으로 실적을 쌓고서 올리면 되는 것이니까요."

"……그렇게 말해주니 고맙군."

베른이 머리를 끄덕거렸다. SS등급이 된다면 여러 가지 편의를 받을 수 있겠지만, 무리해서 SS등급을 받을 필요는 없어 보였다.

용병 등급을 올리는 것에는 실적이 필요하다는 것쯤은 이성민도 알고 있다. 아무리 오우거 키메라가 강력한 몬스터라고 해도, 대뜸 SS등급에 올리기에는 베른도 이런저런 눈치가 많이 보일 것이다.

"그렇다면 일단 예정대로 S급에 올리도록 하지. 그리고 또……."

잠깐 고민하던 베른이 머리를 끄덕거렸다.

"루드의 말대로, 오우거 키메라 토벌은 SS급에 오르기에 충분한 실적이야. 여러 가지 이유 때문에 당장 SS급에 올려주지 못하는 것뿐이지."

"알고 있습니다."

"내가 미안해서 그래. 그러니까…… 자네, 숙소도 없지 않은가? 4층에서 숙식하고는 있지만 불편한 점이 꽤 많을 거야. 그러니까, 내가 집을 하나 주지."

"예?"

"집 말일세. 마침 빈 것이 하나 있거든."

"뭘 흔쾌한 척하십니까. 괜히 부동산 손댔다가 팔리지도 않은 것을 끌어안고 있는 것이면서."

루드가 이죽거리자 베른이 헛기침을 내뱉었다.

"하지 않아도 될 말을 왜 하고 그러나?"

"약 올리려고요."

"큼!"

베른은 다시 한번 헛기침을 하고서 이성민을 보았다.

"거…… 제법 괜찮은 집일세. 목도 좋고. 팔리지는 않았지만 말이야. 시세로 치면 꽤 비싸기는 한데…… 자네가 써도 좋아."

"감사합니다."

주는 것을 거절하는 성격은 아니었다. 마침 집이 필요하다고 생각하던 차였다. 용병 길드에서 숙식하는 것도 나쁘지는 않았지만, 개인적인 수련 공간이 있었으면 했기 때문이다.

"설마 집 준 것으로 의뢰금을 퉁 치시려는 것은 아니겠죠?"

"내가 그렇게 몰상식한 사람처럼 보이는가?"

루드의 말에 베른이 인상을 썼다. 베른은 책상 서랍을 열었다.

"마을에서 제시했던 오우거 토벌 의뢰금은 3천만 에르였네. 원래 오우거 같은 몬스터는 4천만 에르부터 시작하지만…… 마침 자네의 실력 검증이 필요하던 차라 받은 의뢰였어. 평소라면 무시했겠지만."

그것은 이성민이 생각했던 대로였다. 전생의 기억으로는 오우거 키메라에 대한 이야기를 들어본 적이 없었다. 이성민이 겪은 전생에서는 길드 쪽에서 오우거 토벌 의뢰를 무시했던 모양이었다.

"S급 용병의 의뢰는 길드가 10%의 수수료를 가져가고 있네. 그리고 루드한테는……."

"전 안 받아도 됩니다. 한 것도 없으니까. 그냥 좋은 구경했다고만 치죠."

루드가 웃으면서 손을 내저었다. 그렇게 해서 이성민에게 돌아온 보수는 2,700만 에르였다.

베른은 즉석에서 이성민에게 그 값어치만큼의 수표를 써서 주었다.

"에리아 어디를 가도 사용할 수 있는 수표일세. 그렇다고 수표를 들고 다니지는 말고. 은행에 맡겨 카드를 만드는 것이

편할 거야."

"감사합니다."

받은 수표를 내려 보면서 이성민은 복잡한 기분을 느꼈다. 2,700만 에르. 현실성이 없는 액수였기 때문이다.

C급 용병이었을 때 이성민이 받은 의뢰비는 많아봐야 100만 에르 선이었다. 그렇다고 언제나 그런 의뢰를 받은 것도 아니었다. 용병은 얼마든지 있었고, 의뢰는 적었다. 이성민이 소속되어 있던 용병단에도 C급 용병은 굉장히 많았다. 그렇다 보니 언제나 의뢰를 받을 수 있었던 것은 아니었다.

그리고 의뢰라는 것이 언제나 쉽고 편한 것은 아니다. 그렇게 벌어들인 돈은 술을 마시고 여자를 사면서 탕진했다.

한때는 돈을 모을 생각도 했었다. 돈을 모아서 더 좋은 무공을 익히고, 마법을 익히고. 그렇게 하다 보면 처지를 바꿀 수 있지 않을까 하는 그런 희망.

물론 끝까지 하지는 않았다. 저금이니 절약이니 하는 것은 용병의 생활에서는 전혀 맞지 않는 일이었다.

'내가 일 년을 고생해서 번 돈을…… S급은 한 번에 받는군.'

현실성이 없었지만 이것이 현실이었다. 이성민은 받은 수표를 품 안에 넣었다.

"저택의 위치는……."

"약도를 그려주시면 알아서 찾아가겠습니다."

"……괜찮겠는가? 제법 길이 복잡한데. 베헨게르는 넓어."

"괜찮습니다."

전생에서 가장 오래 지냈던 도시다. 거의 변하지 않았으니 약도만 있다면 찾아갈 수 있다.

뺨을 긁적거리던 베른이 종이와 펜을 꺼냈다. 얼마 지나지 않아 베른이 약도를 그려 이성민에게 넘겨주었다.

"이곳일세. 열쇠는 여기 있고."

이성민은 베른에게서 열쇠와 약도를 받고서 방을 나갔다. 베른은 닫힌 방문을 물끄러미 보다가 루드 쪽으로 시선을 옮겼다.

"어땠나?"

"제가 말하는 것보다는 직접 보시는 편이 나을 텐데."

"그렇다면 보여주게."

그 말에 루드가 의자를 끌어다가 베른의 앞에 앉았다. 베른은 뒤쪽에 세워두었던 스태프를 들더니 입술을 달싹거렸다. 그러면서 다른 손을 뻗어 루드의 머리 위에 얹었다.

"……으음."

루드의 기억을 엿본 베른이 작은 신음을 흘렸다. 그는 들고 있던 스태프를 내려놓고서 한숨을 내쉬었다.

"확실히, S급으로 둘 실력은 아니군."

"말하지 않았습니까. 그냥 SS급에 올리는 것이 나을 것이라고."

"건의해 보도록 하지."

베른이 대답했다. 베헨게르 용병 길드의 지부장을 맡고 있기는 했지만, 그렇다고 해서 베른이 이곳 권력의 정점인 것은 아니었다.

베헨게르에는 많은 용병이 있다. 길드와 지부장은 어디까지나 그들을 관리하는 역할이지 지배하는 역할이 아니다. 오히려 영향력 같은 것은 지부장인 베른보다는 대형 용병단의 단장들이 더 강했다.

"제온이 욕심내겠군."

베른이 작은 목소리로 중얼거렸다.

베른이 이성민에게 넘긴 집은 혼자 살기에는 과분할 정도로 컸다. 널찍한 단층집에 담벽은 높았고, 용병 길드와도 그리 멀리 떨어져 있지 않았다.

열쇠로 대문을 열고 들어온 이성민은 가장 먼저 정원을 확인해 보았다. 관리는 그리 잘되어 있지 않아 잡초가 무성했지만, 이성민은 신경 쓰지 않았다. 잡초가 자라건 말건 이성민의 알 바는 아니었다. 어차피 이성민도 정원을 관리할 생각은 없었다.

'넓군.'

이런 집에서 사는 것은 처음이다. S급 용병의 생활은 여러 가지로 현실성이 없었다. 하지만 곧 익숙해질 것이다.

개방된 곳이라는 것이 조금 그렇기는 하였지만 개인적인 공간이 생겼다는 것에 이성민은 만족을 느꼈다. 앞으로는 매일 이곳에서 창법을 수행하면 될 것이다.

하지만 그 전에.

이성민은 아공간 포켓을 열었다. 예비로 들고 다니던 창은 이번 오우거 토벌에서 대부분 사용해 버렸다. 크게 아쉽지는 않았다. 이성민이 사용해 온 창이라고 해봐야 어디에서나 쉽게 구할 수 있는 싸구려 무기였기 때문이다.

'마침 돈도 있고.'

당장 돈을 쓸 일이 있는 것은 아니다. 가진 돈으로 영약이나 무공서를 구입해 볼까도 생각했지만, 영약을 구입하기에는 돈이 모자랐다. 그렇다고 무공서를 구입하는 것도 그리 내키지는 않았다. 아직 구천무극창과 자하신공, 무영탈혼도 제대로 익히지 못했기 때문이다.

창법, 내공심법, 보법. 가장 중요하다고 할 수 있는 세 무공을 가지고 있으니 다른 무공에 욕심이 들지 않는 것도 당연했다.

"네블."

이성민은 조용히 네블을 불렀다. 그러자 이성민의 그림자에서 네블이 몸을 일으켰다. 네블은 이성민에게 머리를 꾸벅 숙이면서 말했다.

"무슨 일이십니까?"

"무기가 필요합니다."

"구입을 원하시는 겁니까? 아니면 제작을?"

"어느 쪽이 낫습니까?"

이성민이 물었다. 그 말에 네블이 빙그레 웃으면서 말했다.

"각자 장단점이 있지요. 구입을 원하신다면 가격에 맞는 최고의 물건을 드릴 수 있습니다. 하지만 취향이라는 것이 있지 않습니까? 사용하는 무기가 손에 맞기도 해야 하고. 아무리 좋은 무기라도 취향이 아니고 손에 안 맞는 것은 어쩔 수 없으니까요."

"그렇다면 일단 제작 쪽을 보도록 하죠."

"예산은 얼마나 가지고 계십니까?"

"2,700만 에르."

"많지는 않군요."

네블이 대답했다. 그 말에 이성민은 내심 어이가 없었다. 2,700만 에르가 뉘 집 개 이름도 아닌데.

"저희가 중개해 드리는 대장장이들은 모두가 최고의 솜씨를 가지고 있습니다. 그렇다 보니 가격이 비쌀 수밖에 없지요."

"어떻게 맞춰볼 수는 없습니까?"

"어렵지는 않습니다. 조금 눈을 낮춰주시든가, 아니면……

자존심을 낮춰주시든가."

"······자존심?"

네블의 말에 이성민이 머리를 갸웃거렸다. 네블이 피식 웃으면서 말을 이었다.

"장인이라는 것들이 그렇지 않습니까? 고집이 세고 자존심이 강해요. 그렇다 보니 성격이 지랄 맞은 자가 많지요. 아까도 말했듯이, 저희가 중개해 드리는 대장장이는 모두가 최고의 솜씨를 가지고 있지만······ 솜씨와 인성이 비례하는 것은 아니라서."

"실력만 확실하다면 상관없습니다."

"잠시만 기다려 주십시오."

그 말을 끝으로 네블은 이성민의 그림자 안으로 사라졌다. 받은 돈을 모조리 사용하는 것이기는 했지만, 아깝다는 생각은 들지 않았다. 전생의 이성민도 똑같이 창을 사용하기는 했지만, 그 시절에도 이성민이 사용하던 것은 언제나 싸구려 무기였다.

C급 용병이었던 이성민에게 있어서 무기라는 것은 언제나 그런 것들이었다. 좋은 무기나 나쁜 무기나 어쨌든 휘두르고 찌를 수만 있으면 된다. 무기에 돈을 쓰느니 의뢰를 끝내고 돌아와 더 좋은 술을 마시고 더 비싼 여자를 안는 것이 남는 것이라고 생각했다.

하지만 지금은 달랐다. 그것은 오랜만에 드는 욕심이었다. 좋은 무기라는 것을 한번 쥐어보고 싶었다.

7장
만남(1)

"늦어서 죄송합니다."

그렇게 말할 것도 없었다. 네블이 다시 나타난 것은 사라지고서 5분도 채 지나지 않았기 때문이다. 그는 언제나 그랬듯이 이성민에게 꾸벅 머리를 숙이며 말했다.

"대장장이와 접선이 끝났습니다. 그쪽에서 대화를 원하는데, 지금 당장 시간은 괜찮으십니까?"

"상관없습니다."

"알겠습니다."

이성민의 대답에 네블이 손을 들어 올렸다. 길게 뻗은 손가락을 허공에 내리긋자 풍경이 쩍하고 갈라졌다.

"자리는 피해드리지요."

그렇게 말하고서 네블이 이성민의 그림자 속으로 사라졌

다. 이성민은 무슨 일이 일어난 것인지 이해하지 못하고 쩍 벌어진 틈새를 멀뚱거리며 바라보았다.

"어리네."

목소리가 들렸다. 공간의 틈새 너머에서 몸을 일으킨 것은 탁한 금발을 가진 다크엘프였다. 처음에 이성민은 그녀가 다크엘프인 것을 눈치채지 못했다. 다크엘프를 직접 보는 것은 처음이었기 때문이다.

"놀라기는."

이성민의 놀란 표정을 보면서 다크엘프가 피식거리며 웃었다. 그녀는 부스스한 머리를 손으로 털면서 말했다.

"셀게루스. 앞으로 몇 번이나 더 보게 될지는 모르겠지만, 그래도 이름 정도는 서로 알아둬야지. 안 그래?"

"어…… 이성민이라고 합니다."

이성민이 더듬거리며 자신의 이름을 말했다. 엘프나 다크엘프는 아인(亞人)으로 불린다. 지성을 가진 인간 이외의 존재. 넓게 보자면 의사소통이 되는 오크도 아인이라고 볼 수 있겠지만 대부분은 오크를 아인이 아닌 몬스터로 취급한다. 애초에 아인이라는 호칭은 인간이 만들어낸 것이다.

"무기는 뭘 써?"

셀게루스가 물었다. 그녀는 펑퍼짐한 작업복에 큼직한 앞치마를 두르고 있었다. 하지만 워낙에 발육이 좋아서인지 그런 작업복 위로도 몸의 굴곡이 그대로 보이고 있었다.

"창…… 을 씁니다."

대장장이와 연결해 주겠다고 하였는데 설마 그 대장장이가 다크엘프, 그것도 여자라고는 생각하지 못했기 때문에 이성민은 적잖게 당황할 수밖에 없었다.

이성민의 머릿속에서 대장장이의 이미지는 근육이 우락부락한 거구의 남자였고, 아인이라면 작달막한 드워프였다. 물론 이성민은 드워프를 실제로 본 적은 없었다. 아인은 그 숫자가 적은 만큼 보는 것이 힘들기 때문이다.

"창. 창이라……. 특별히 선호하는 모양은?"

"……이런 형태면 좋겠습니다."

이성민은 아공간 포켓에서 창을 꺼냈다. 셀게루스는 이성민이 꺼낸 창을 보면서 머리를 끄덕거렸다.

"중원식이구나. 무림인인가 보지?"

"무림 출신은 아닙니다만……."

"어떤 창법을 쓰는지 보여줄 수 있어?"

셀게루스가 물었다. 그 말에 이성민은 잠깐 망설일 수밖에 없었다. 무공을 시연하듯이 보여주는 것은 무림인들에게 있어서 금기나 다름없는 것이었기 때문이다.

"왜, 싫어?"

"……필요한 겁니까?"

"필요하지."

셀게루스가 고민 없이 대답했다.

"네가 펼치는 무공이 어떤 것인지 알아야 그것에 맞춰서 창을 만들 것 아니야?"

"내 무공을 보고서 그에 맞출 수 있다는 겁니까?"

"뭔가 착각하고 있구나."

셀게루스가 낮게 웃었다. 마치 이성민의 무지를 비웃는 것 같은 웃음이었다.

"나는 무림인이 아니야, 대장장이지. 네가 펼치는 무공을 이해하는 것이 아니라 무공을 펼치는 너를 이해하는 것이 내 역할이야. 네가 어떻게 창을 휘두르는지, 창을 어떻게 잡는지, 창을 어떻게 사용하는지. 그걸 보고서 그것에 맞추는 것이지. 정 보여주기 싫다면 보여주지 않아도 상관은 없어. 나야 받은 돈대로 창을 만들면 되는 것이니까."

그 말을 듣고서야 이성민은 네블이 했던 말을 이해했다. 눈을 낮추거나, 자존심을 낮춰달라고 했던 말. 장인들은 모두가 고집불통이라던 말.

이성민은 한숨을 삼키며 대답했다.

"알겠습니다."

"의외로 납득이 빠르네. 고집이 셀 줄 알았더니. 나를 의심하지도 않나 봐?"

"나는 당신을 모릅니다. 하지만 당신을 연결해 준 에레브리사는 조금은 믿고 있습니다."

아직 에레브리사를 제대로 사용해 보지 않았기에, 완전히 믿을 수는 없었다. 하지만 고난과 시련의 신인 므쉬도 사용하고 있는 것이 에레브리사다. 정확히는 알 수 없었지만 에레브리사에는 그만한 가치가 있을 것이다.

"내 나이는 400살이야."

대뜸 셀게루스가 말했다. 400살. 그 현실성 없는 나이에 이성민의 눈이 파르르 떨렸다. 하지만 크게 놀라지는 않았다. 엘프나 다크엘프가 오래 산다는 것은 이성민도 알고 있었다.

"망치질이 좋아서 망치질을 시작했지. 그것이 대충 350년쯤은 돼. 물론 타고난 대장장이인 드워프와는 스타트 라인이 다르기는 하지만…… 350년 동안 대장장이로 살아온 내 삶은 진짜야. 내가 왜 이런 말을 하는 것인지 알아?"

"모르겠습니다."

"네가 믿어야 할 것은 에레브리사가 아닌 나야."

셀게루스가 쓰게 웃었다.

"뭐, 이제 처음 만난 사람에게 이런 말을 하며 믿어달라고 하는 것이 우습다는 것은 나도 알지만."

셀게루스의 말에 이성민은 입술을 다물었다. 이성민의 마음을 움직인 것은 믿어달라는 셀게루스의 말이 아니었다. 스타트 라인이 다르다는 말이었다.

드워프라는 종족은 타고난 대장장이다. 그들이 손을 대서 만들어내는 것은 모두가 명품이다.

드워프는 그 존재만으로도 불꽃과 열정의 신인 아데르와 대지와 창조의 신인 가엔의 어여쁨을 받는다. 어린 드워프가 만들어낸 물건은 몇십 년 산 인간 장인보다 뛰어나다. 그런 드워프와 비교하자면 다크엘프인 셀게루스가 망치질을 해온 350년은 큰 가치가 없을지도 모른다.

하지만 셀게루스가 매진해 온 350년은 진짜다. 스타트 라인이 다르다는 것. 가진 재능이 다르다는 것. 이성민이 몇 번이나 자괴감을 느껴왔던 일들이다.

"믿겠습니다."

이성민은 마음을 먹고서 머리를 창을 들어 올렸다. 이성민이 창법을 펼치기 시작하자 셀게루스 쪽에서 조금 놀라 버렸다.

여태까지 그녀는 에레브리사를 통해 다양한 의뢰인들을 접해보았지만, 무공을 보여달라는 말에 진짜로 무공을 보여준 무림인은 많지 않았다.

무림인에게 있어서 무공이라는 것은 적을 죽이기 위한 기술이며 자기 자신을 지키기 위한 기술이다. 그것을 생면부지의 타인에게 시연하는 것은 쉽게 할 수는 없는 일이다.

셀게루스도 무공을 보여달라고 말은 하였지만, 정말로 무공을 보여줄 것이라는 기대는 크게 하지 않았었다.

가장 먼저 이성민은 란나찰부터 시작했다.

신중하게 펼친 란나찰부터 본격적인 구천무극창이 시작되었다. 이성민은 구천무극창만 펼치지는 않았다. 무영탈혼을 섞었다. 실전에서 창법을 사용할 때에는 보법을 섞을 수밖에 없다. 상대가 가만히 있어줄 리가 없기 때문이다.

셀게루스는 침묵하고서 이성민이 펼치는 창을 바라보았다.

한참이 지나고서야 이성민의 창법이 끝났다. 눈 하나 깜빡거리지 않고 그를 보던 셀게루스의 입술이 열렸다.

"나를 믿는 거야?"

"네."

"왜? 내가 믿어달라고 해서?"

"당신이 노력한 350년이 진짜라고 했으니까."

이성민의 대답에 셀게루스가 풋 하고 웃었다.

"귀가 너무 얇은 것 아니야?"

"그런 이야기는 처음 듣는군요. 쓸데없이 의심이 많다는 이야기는 들어보았는데."

"믿어주는 사람을 배신할 수는 없지."

셀게루스는 큭큭 웃으면서 앞치마에 넣고 있던 손을 빼냈다.

"2,700만 에르. 나는 계산은 확실하게 하는 편인데, 기분이 좋으니까 그 이상의 물건을 만들어줄게. 시간은 꽤 걸리겠지만."

"상관없습니다."

"너는 괜찮은 단골이 될 것 같아."

셀게루스가 어깨를 으쓱거렸다.

"네가 죽지만 않는다면 말이야."

공간의 틈새가 닫혔다. 얼마 지나지 않아 네블이 이성민의 그림자 속에서 모습을 드러냈다. 그는 이성민을 향해 꾸벅 머리를 숙이며 물었다.

"중개해 드린 대장장이는 마음에 드셨습니까?"

"저보고 괜찮은 단골이 될 것 같다는군요."

이성민의 말에 네블이 묘하다는 표정을 지었다. 잠깐 동안 이성민을 보던 네블이 입을 열었다.

"첫인상이라는 것이 있지요. 아니면 이미지라든가. 사실 셀게루스 님은 그리 선호되는 스타일의 대장장이는 아닙니다."

"다크엘프라서?"

"그렇습니다. 말씀드렸던 것처럼 저희 에레브리사는 회원분들이 원하는 것 중 최고만을 제공합니다. 최고의 대장장이……라고 한다면 거의 모든 회원님은 드워프를 생각합니다. 다크엘프, 그것도 여자 다크엘프는 염두에도 두지 않아요."

네블은 그렇게 말하면서 쓰게 웃었다.

"제가 이성민 님에게 셀게루스 님을 연결해 드린 것은 사실 그 때문입니다. 선호되지 않는 분이기에, 셀게루스 님은 가진 실력에 비해 저평가되는 분이시거든요. 덕분에 의뢰금도 동급 실력의 다른 대장장이들과 비교해서 조금은 저렴한 편이기도 하고.”

“실력만 진짜라면 상관없습니다.”

이성민의 심드렁한 대답에 네블이 쿡쿡거리면서 웃었다.

“말씀드리지 않았습니까. 언제나 최고만을 제공해 드린다고. 셀게루스 님의 실력은 진짜입니다. 그녀는 다크엘프이면서 마이스터의 칭호를 얻은 유일한 대장장이입니다. 본래 셀게루스 님은 저희가 연결해 드리는 의뢰인을 그리 좋아하지 않으시지만…… 셀게루스 님이 단골이 될 것 같다고 말하셨다면 틀림없이 최고의 무기를 이성민 님에게 만들어 드릴 겁니다. 아, 물론. 어디까지나 2,700만 에르의 선에서 말이지요.”

“그 이상의 것은 해주지 않는다는 겁니까?”

“그건 셀게루스 님의 기분에 달려 있지요. 저희는 어디까지나 중개의 역할만을 맡고 있으니까요.”

네블의 대답에 이성민은 머리를 끄덕거렸다. 잠깐의 침묵 뒤에 이성민은 다른 것을 질문했다.

“용병으로 받을 수 있는 의뢰에 대해서 묻고 싶은 것이 있습니다. 에레브리사가 5%의 중개 수수료를 가져간다고 하였는데, 에레브리사를 통해 의뢰를 수주한다면 용병 길드의 수수료는 어떻게 되는 겁니까?”

"면제됩니다."

네블이 곧바로 대답했다.

"에레브리사가 가져가는 수수료는 용병 길드의 수수료가 포함되어 있습니다. 의뢰금도 길드를 통해서가 아닌 저희를 통해 수령됩니다."

"실적 기록은?"

"그것은 용병 길드에 자동으로 갱신됩니다. 의뢰를 확인하시겠습니까?"

"아뇨, 아직은 괜찮습니다. 아직 등급패가 나오지 않아서."

"아마 조만간 나오겠지요. 이성민 님을 위해 괜찮은 S등급 의뢰를 정리해 놓겠습니다."

"서비스입니까?"

"제 전담 회원이시니 이 정도는 당연히 해드릴 수 있습니다. 그리고……."

네블은 잠깐 이성민의 얼굴을 물끄러미 바라보았다.

"이상하게 이성민 님은 대할수록 뭔가…… 도와주고 싶어지는 그런 기분을 느끼곤 합니다. 단순한 기분일 뿐이지만…… 이게 참 묘해요."

"그런 말을 듣는 것은 처음이군요."

"그냥 기분일 뿐이니까요. 호감이라는 것이 그렇지 않습니까? 갑작스럽고 이유가 없어요. 꼭 이유가 있어야만 호감을 느끼는 것은 아니니까."

네블은 그렇게 말하고선 피식 웃었다.

"그럼 다음에 뵙겠습니다."

네블이 사라졌다. 이성민은 네블이 남긴 말에 묘한 기분을 느꼈다. 호감이라니. 네블이 설마 남색 취향을 가진 것이라는 생각까지는 하지 않았지만, 저런 말을 듣는 것은 처음이라 기분이 묘해질 수밖에 없었다.

그러고 보면, 여태까지는 이상하게 운이 좋았다고 생각한다. 잭이나 한스부터 시작해서 위지호연, 백소고 등. 이성민과 제법 깊게 연관되었던 이들은 모두가 이성민에게 호의를 보여주었다.

우연은 없다.

므쉬가 잊지 말라고 했던 말이 이성민의 머리를 맴돌았다.

그날 하루 동안 이성민은 뒤뜰에서 창법을 수행했고, 밤이 돼서야 집 안으로 들어왔다. 청소가 되어 있지 않아 먼지가 조금 쌓여 있기는 했지만 대충 청소를 하니 크게 문제는 없었다.

주방은 있었지만 식사를 만들지는 않았다. 아공간 포켓에 먹을 것이 있었기 때문이다.

식사를 하고서는 자하신공을 운용했다. 심법의 세계로 들어가면서 이성민은 자연스럽게 오우거와의 싸움을 떠올렸다.

산에서 내려와 처음으로 겪는, 아니, 전생과 이번 생을 통틀어서 처음으로 겪어본 절정고수로서의 싸움. 많은 것을 느꼈다. 부조화를 느낄 정도였다.

익숙함이 다른 것이 가장 큰 문제였다. 산에서 보낸 3년은 이성민의 몸을 금제에 익숙하게 만들었다. 덕분에 금제가 사라진 것에 부조화를 느꼈고, 절정고수가 아니었던 시절과 지금의 차이에 다시 부조화를 느꼈다.

익숙해져야 한다.

여러 가지 문제점이 많았다. 이성민의 몸은 지금 굉장히 불균형했다. 산에서 생활할 적에 어떻게든 영양의 균형을 맞추려고 했지만, 미각의 금제 속에서 하는 식사는 언제나 끔찍했다. 자연스럽게 식사량은 줄었다.

식사뿐만이 아니다. 잠을 오래, 깊이 자지 못했다. 그것도 거의 2년 동안. 후각과 청각, 시각이 금제되면서 세 개의 감각이 그리 발달하지 못했다. 오직 피부로 느끼는 촉각만이 기형적으로 발달하게 되었다.

마냥 단점만 얻은 것은 아니었다. 다른 감각을 모조리 봉쇄하면서 존재하지 않은 새로운 감각이 발달되었다.

육감.

그것은 이성민의 상태창에도 스킬로써 존재하고 있었다.

육감(六感)

─눈으로 보이지 않는, 귀로 들리지 않는, 코로 맡을 수 없는 것을 느낄 수 있습니다.

패시브 스킬인 육감은 다른 패시브 스킬이 그러한 것처럼 설명이 애매했다. 하지만 느끼고 있는 것은 진짜였다. 설명이 애매한 것처럼 느끼는 감각조차 애매하다고는 해도 육감은 실재하고 있었다.

'하지만 육감과 촉각에만 의존할 수는 없어.'

다른 감각을 단련할 필요성은 있었다. 단련까지는 아니더라도 감각의 불균형은 맞춰야만 했다.

자하신공은 계속해서 운용되었고 내공은 회전했다. 고른 호흡 속에서 이성민의 생각은 점차 사라져갔다.

어느새 그는 몰아 속에서 의식을 잠재웠다. 산에서의 피폐해진 정신을 어떻게든 붙들고 있을 수 있었던 것은, 멘탈 클리닝 마법과 자하신공 덕분이었다.

다음 날.

이성민은 이른 아침부터 용병 길드로 향했다. 하루가 지났으니 등급패가 나왔을 것이라 생각했기 때문이다. 우선 등급패를 받고, 용병 길드에서 수주할 수 있는 의뢰를 체크해 볼 생각이었다.

베헨게르 용병 길드는 아침부터 사람이 많았다. 아침을 먹기 위해 온 용병들이나, 전날부터 술을 마시고 있는 용병들 때문이었다.

이성민이 문을 열고 들어간 순간 용병들의 소란이 우뚝 멎었다. 그들은 문 안으로 들어서는 이성민을 빤히 보다가 제들끼리 수군거리기 시작했다.

이성민은 베헨게르 용병 길드의 유명인이 되었다. 가입한 날 모두가 보는 앞에서 검기를 선보였고, 그 뒤에는 오우거 키메라를 토벌하면서 S급 이상의 실적을 올렸다. 게다가 나이도 아직 18살이니 다른 용병들이 이성민에게 관심을 갖게 되는 것은 당연했다.

"왔나?"

베른은 이른 아침부터 바 테이블 너머에 나와 있었다. 베른은 다가오는 이성민에게 말을 걸면서 주머니에 손을 넣었다.

"마침 잘되었군. 자네의 용병패가 나왔어."

"그걸 받기 위해 온 겁니다."

이성민이 웃으면서 말했다. 베른에게 건네받은 용병패에는 금색으로 S라는 글자가 각인되어 있었다.

용병패를 만지작거리면서 이성민은 전생에서 가지고 있던 용병패를 떠올렸다.

'그때는 구리색으로 C라고 적혀 있었는데.'

피식 웃는 이성민을 향해 베른이 입을 열었다.

"S급 용병에게는 매달 500만 에르의 지원금이 주어지고 있네. 먹고살기에는 충분하고도 남는 돈이지."

아무런 의뢰를 수주하지 않아도 매달 500만 에르의 돈을 받는다. S급 용병은 존재만으로도 그런 가치가 있었다. 에리아가 넓고 각 차원에서 온갖 종류의 사람을 소환한다고는 해도, S급 용병의 자격을 얻는 절정고수나 마법사는 흔한 존재가 아니기 때문이다.

"오우거 키메라의 사체는 어떻게 되었습니까?"

"응?"

이성민의 질문에 베른이 눈을 동그랗게 떴다. 설마 이성민이 그것을 물어볼 것이라고는 생각하지 못했다는 얼굴이었다. 잠시 동안 이성민의 얼굴을 보던 베른이 어깨를 으쓱거렸다.

"조사는 하고 있네. 지금 선에서 특별한 것은 발견되지 않았지만…… 아마 높은 확률로 흑마법사가 관여되어 있겠지."

"그 주변에 흑마법사가 있었다는 겁니까?"

"아마 그렇지 않을까. 애초에 그 숲은 오우거가 영역으로 삼기에 적합한 장소도 아니었고. 흑마법사가 오우거로 키메라를 만들어 숲에 풀어놓았다고 생각하는 것이 타당하겠지."

"왜 그랬을까요?"

"길드장으로서의 견해를 묻는 것인가? 아니면 마법사로서의 견해를 묻는 것인가?"

"둘 다입니다."

이성민이 베른에게 이런 질문을 하는 것에는 이유가 있었다. 베른은 베헨게르 용병 길드의 지부장이면서, 동시에 뛰어난 실력을 가진 마법사였다. 이성민의 질문에 베른은 잠깐 동안 침묵하다가 말했다.

"시험해 보고 싶었던 것이겠지."

"시험…… 이라고요?"

"입을 꿰매놓았어. 식사를 하지 못하게 만들었지. 오우거는 아주 야만적인 몬스터는 아니야. 이성이 제법 강하지. 토벌이 두려워 마을을 습격하지는 않아."

그에 대해서는 루드에게 이미 들었다. 베른은 이성민이 되묻지 않고 귀를 열어 경청하는 것을 보며 말을 이었다.

"굶주린 몬스터는 아주 포악해지지. 인간은 굶주림 끝에서 약해지지만…… 몬스터는 그 반대야. 굶주리면 오히려 강해지고 난폭해져. 왜인지 아나? 살아남기 위해서야. 더 강하고 난폭해야만 사냥이 가능해지니까."

"그래서 일부러 오우거의 입을 꿰매어 놓았다는 겁니까?"

"강제적인 굶주림을 만들기 위해서겠지. 아마 며칠만 늦었으면 마을 하나가 사라졌을 거야. 아니면…… 흑마법사가 오우거를 회수했든가."

이성민은 후자라고 생각했다. 전생의 기억에서 오우거에 의해 마을이 멸망했다는 소문은 들어본 적이 없었다.

베른이 말했던 것처럼 흑마법사는 오우거를 숲에 풀어놓고서 강제적인 굶주림을 만들며 상태를 보았을 것이다. 그리고 놈이 사고를 치기 전에 다시 회수했겠지.

'바뀌었어.'

전생에서 오우거 키메라는 토벌되지 않았다. 하지만 이번에는 토벌되었다.

그것이 변수로 작용하지는 않을까?

이성민은 그것을 걱정하게 되었다. 아마 높은 확률로, 오우거 키메라를 풀어놓은 흑마법사는 반년 뒤에 발견되는 던전의 주인일 것이다.

"아마 그 근처에 흑마법사가 있었을지도 모르지. 자네는…… 운이 좋았다고 생각해. 만약 흑마법사와 마주쳤다면 살아 돌아오기 힘들었을 거야."

"그 정도입니까?"

"오우거라는 몬스터를 제압하고 키메라로 제작하며 통제할 정도야. 굉장히 높은 수준에 도달한 흑마법사겠지. 그런데 왜 궁금해하는 것인가?"

"그냥 호기심입니다. 키메라를 보는 것은 처음이라."

이성민은 그렇게 대답하면서 용병패를 품 안에 넣었다.

"그러면, 다음에 뵙겠습니다."

"아…… 잠깐."

몸을 돌리려던 이성민을 베른이 붙잡았다. 그는 난감하다는 표정을 지으면서 말했다.

"자네를 만나고 싶어 하는 사람이 있는데."

"누구입니까?"

"제온. 알고 있나?"

베른이 물었다. 그 질문에 이성민의 얼굴이 뻣뻣하게 굳었다. 이성민은 굳은 표정을 풀려고 노력하면서 머리를 가로저었다.

"……모릅니다."

"그렇겠지. 이제 막 용병이 되었으니까. 제온은…… SS급의 용병일세. 베헨게르 지부에 등록되어 있는 용병 중에서 가장 등급이 높아."

안다.

이성민은 제온을 알고 있었다.

SS급의 용병. 소림의 속가제자이자 권법의 고수. 코로나 용병단의 단장.

어찌 모를까. 전생에 이성민이 소속되어 있던 용병단이 코로나 용병단이었다. 즉, 제온은 이성민이 소속된 용병단의 단장이었단 말이다.

하지만 이성민과 제온 사이에 어떠한 인연이 있던 것은 아니었다. 제온이 신경 쓰기에…… 이성민은 너무나도 작은 존재였다.

코로나 용병단은 대형 용병단이다. 소속되어 있는 용병의 숫자만 100명이 넘고, SS급의 용병인 제온이 단장으로 있으면서 그 밑에 S급 용병이 5명이나 되었다.

C급 용병은 코로나 용병단 안에 수십 명이나 되었다. 그중에서 노 클래스 출신에 이렇다 할 특징도 없던 이성민은 코로나 용병단 상위 간부들이 시선 한 번 주지 않는 조무래기일 뿐이었다.

비록 이성민이 E급부터 코로나 용병단에서 버텼다고 하여도. C급 용병 이성민은 어디에나 있을 노 클래스에 C급 용병이었을 뿐이었다.

"한번 만나보는 것도 나쁘지는 않을 걸세. 자네 정도의 실력자라면 욕심내는 용병단이 많을 거야. 제온이 이끄는 코로나 용병단은 베헨게르의 용병단 중 제일로 꼽히고 있네. 물론 자네도 언제까지고 베헨게르에 머물 생각은 없겠지만. 제온과 코로나 용병단이라면 다른 도시에서도 알아주는 이름이야."

"……지금 바로 만나자고 한 겁니까?"

"이미 안쪽에서 기다리고 있네."

베른이 쓰게 웃었다.

"갑작스러운 말이라는 것쯤은 알아. 하지만……."

"알겠습니다."

이성민은 천천히 머리를 끄덕거렸다.

"한번 만나는 보죠."

어차피 선택은 이성민의 몫이다. 여기서 거절한다면 베른의 처지가 난감해질 것이다. 여러 가지로 편의를 봐준 베른을 위해서라도 제온과 한번 만나주는 것이 좋을 것 같았다.

결국 핑계일 뿐이다.

이성민은 제온을 만나 보고 싶었다.

방 안에는 담배 연기가 가득 차 있었다. 베른이 사용하는 응접실은 지금 이 순간만큼은 제온의 사적인 공간이 되어 있었다. 문을 열고 들어오던 베른이 미간을 찡그리며 제온을 보았다.

"창문이라도 열지 그랬나?"

그 말에 시가를 물고 있던 제온이 연기 너머에서 어깨를 으쓱거렸다. 이성민은 시가를 내려놓는 제온을 물끄러미 바라보았다. 제온과 이런 식으로 독대한 적은 처음이었다. 코로나 용병단에 소속되어 있기는 했었지만, 이성민과 제온 사이에 접점은 없었다.

이성민이 코로나 용병단에 모집 지원을 넣고, 용병단에 소속되었을 때에도 제온과는 마주치지 않았다. 코로나 용병단에게 있어서 이성민이라는 인간은 심부름과 청소 따위를 전담하는 잡일꾼 정도의 위치밖에 되지 않았다.

"괜찮군."

제온이 이성민의 얼굴을 보면서 중얼거렸다. 제온은 쩍 벌어진 어깨와 머리카락을 짧게 자른 남자였다. 언제나…… 이성민은 먼 곳에서 제온을 보았다. 이성민에게 있어서 '제온'이라는 용병은 동경의 대상이었다.

제온은 노 클래스 출신이다. 제온이 에리아에 소환된 것은 15년 전이다. 노 클래스로 소환된 제온은 에리아에서 살아가면서 우연히 소림의 백보신권을 익히게 되었고, 에리아에 있는 소림의 총본산으로 가서 그 무공을 인정받아 소림의 속가제자가 되었다.

자세한 것은 알려지지 않은 무용담이었지만, 이성민은 제온이 같은 노 클래스 출신이라는 것만으로도 존경하고 동경했다. 언젠가는 제온처럼 되고 싶다고, 그런 어렴풋한 생각을 하곤 했었다.

"……이성민이라고 합니다."

"제온."

제온이 시가를 다시 입에 물었다.

오래전에 품었던 동경의 대상이, 이성민의 바로 앞에 앉아 있었다.

　시선을 느낀다.

　제온은 입술을 다물고 이성민의 얼굴을 가만히 들여보고
있었다. 제온의 입에 물린 굵직한 시가에서 피어오르는 연기
가 제온의 시선을 가려주고 있었으나, 이성민은 연기 너머에
있는 제온의 시선을 느끼고 있었다.

　제온은 자신의 앞에 앉아 있는 소년에게 흥미를 느끼고 있었다.

　소년.

　그래, 이성민은 아직 소년이었다. 비록 고생을 많이 겪어
겉늙기는 하였으나, 이성민의 나이는 아직 18살. 약관도 넘기
지 못한 나이다.

　"대단하군."

　제온이 시가를 내려놓았다. 베른은 담배 연기가 가득 찬 방
을 못마땅하단 듯이 둘러보면서 창문을 열었다. 하지만 제온
은 베른을 신경 쓰지 않았다. 베른이 베헨게르 용병 길드의 지
부장이라고 하여도, 코로나 용병단의 단장인 제온의 권세는
베른보다 더하면 더했지 결코 못하지 않았다.

　"18살이라고 들었는데. 아주…… 잘 단련되어 있어. 오우거
키메라를 잡았다지?"

　"……예."

제온의 평가를 들으면서 이성민은 어떤 표정을 지어야 할지를 고민했다. 기뻐해야 할지, 아니면 씁쓸해해야 할지.

전생에서는 제온에게 단 한 번도 주목을 받았던 적이 없었는데.

"기세를 숨기는 것이 능숙해. 내공을 잘 다룬다는 증거지. 육체의 발달이 조금 미숙해 보이기는 하지만, 필요한 근육은 확실하게 단련되어 있군."

육체의 발달이 미숙한 것은 제대로 먹지 못했기 때문이다. 그에 대해서는 이성민도 자각하고 있었다. 제온은 이성민의 손을 힐긋 보았다.

"손. 수백 수천을 훨씬 넘어서는 횟수로 창을 휘두른 손이야. 마음에 드는군."

"……감사합니다."

"노 클래스라고 했었지?"

제온은 재떨이에 걸쳐 두었던 시가를 들었다. 몇 번 연기를 빨고서 제온은 시가를 아예 재떨이에 지져 꺼버렸다.

"네가 한 것은 고생이냐, 아니면 노력이냐."

"……둘 다라고 생각합니다만."

"그렇겠지."

제온이 쿡쿡거리면서 웃었다.

"나도 노 클래스였으니까 말이야. 이 세계가 노 클래스에게 얼마나 엿 같은 곳인지 잘 안다. ……그럼에도 그 정도의 경지에 올랐다는 것에 감탄할 수밖에 없군."

노 클래스이면서 에리아에 이름을 떨친 이계인은 굉장히 드물다. 코로나 용병단의 단장인 제온은 그 드문 노 클래스 이계인 중 하나였다. 이성민이 많은 용병단 중에서 굳이 코로나 용병단을 선택해서 어떻게든 말단으로 들어간 것도 제온을 동경했기 때문이었다.

아니, 정확히 말하면 그것은 동경이 아니었다. 전생의 이성민이 바랐던 것은 구원과 동정이었다. 이성민은…… 제온이 자신을 구원해 주는 것을 바랐다. 같은 노 클래스니까, 제온이 동정하여 어떤 떡고물이라도 던져 주는 것을 기대했다.

물론 그렇게 되지는 않았다. 코로나 용병단에는 이성민과 같은 심정으로 가입한 노 클래스가 제법 많았고, 제온은 그들 모두에게 시선 한 번 주지 않았었다.

"코로나 용병단으로 들어와라."

제온이 입을 열었다.

"네 실력에 대해서는 이미 들었다. 오우거 키메라를 단독 토벌. 그 정도 성과라면 머지않아 SS급이 되겠지. 네가 코로나 용병단에 들어온다면 널 내 바로 밑에 앉혀주마."

"……부길드장의 자리를 주겠다는 겁니까?"

"나쁜 제안은 아니라고 생각한다만."

"내가 노 클래스라서 그런 권유를 하는 겁니까?"

"그런 것은 아니야. 네 실력이 욕심날 뿐이지. 그 나이에 절정의 초입을 넘은 듯하니, 시간과 지원만 충분히 주어진다면 절정의 벽을 완전히 넘을지도 모른다."

"나에게 그 시간과 지원을 해줄 수 있다는 말입니까?"

그 질문에 제온의 입꼬리가 슬쩍 올라갔다. 그는 품 안에 손을 넣더니 자그마한 목함을 꺼냈다.

아공간 포켓이라고 생각했는데, 아니었다. 목함의 안에는 자그마한 환약이 놓여 있었다. 퀴퀴한 담배 연기가 가득 차 있던 방 안에 청량한 향기가 감돌았다.

"이건……."

곁에서 보고 있던 베른이 놀란 표정을 지었다. 마찬가지로 이성민의 얼굴도 뻣뻣하게 굳었다.

"소환단."

제온이 팔짱을 꼈다.

"소림의 비선환단 중 하나다. 대환단만큼은 아니지만 어지간한 영약을 압도하는 효능을 가지고 있지."

"……그걸 저한테 주겠다는 겁니까?"

"대신에."

타악.

제온이 목함의 뚜껑을 닫았다.

"네가 익힌 무공에 대해 말해라."

"이름만?"

"아니, 구결도."

그 말에 이성민이 어이가 없다는 표정을 지었다. 소환단이 아무리 가치 있는 영약이라고 하여도, 이성민이 익힌 무영탈혼이나 구천무극창, 자하신공과는 비교하기에는 힘들었기 때문이다.

"거절하겠……."

"대환단을 주지."

이성민의 말이 끝나기도 전에 제온이 말했다.

"네가 익힌 창법의 구결을 말해준다면 대환단을 주마."

"……이해가 안 됩니다. 왜 무공의 구결을 알려달라는 겁니까?"

제온은 백보신권의 고수다. 소림의 속가제자인 그는 구파일방 중 제일로 꼽히는 소림의 비전 무공들을 익히고 있다.

애초에 창법을 쓰지 않는 제온이 왜 구천무극창을 알려달라는 것인지 이성민은 이해가 잘되지 않았다.

"나는 너를 믿을 수 없으니까."

제온이 대답했다.

"네가 알려준 무공을 익힐 생각은 없다. 다만 알아둘 뿐이야. 그래야 내가 너의 배신에 대비할 수 있을 테니까."

"내가 배신할 것이라 생각하는 겁니까?"

"너뿐만이 아니야."

제온은 닫은 목함을 품 안에 넣으면서 말을 이었다.

"나는 사람을 믿지 않는다. 내 쪽에서 신뢰를 준다 하여 상대가 나에게 똑같이 신뢰를 주리란 보장은 없지. 사람이란 것은 그런 짐승이다. 너는…… 욕심나는 인재지만, 동시에 품에 안기에는 너무 버거운 인재이기도 해. 그러니 무공의 구결을 말하라는 것이다."

아무리 그렇다고는 해도 무공의 구결을 알려달라는 것은 너무 몰염치한 말이 아닌가. 이성민의 표정이 좋지 않게 변하자 제온이 말을 덧붙였다.

"말했듯이 네 창법을 익힐 생각은 없다. 다만 알아두고 싶을 뿐이지. 네가 무공의 구결을 말하고 코로나 용병단에 들어온다면 대환단과 함께 소환단도 주도록 하마. 어떠냐."

무공의 구결을 말하라는 것은 몰염치했지만 제온이 주겠다는 것들은 솔직히 구미가 당겼다. 소환단과 대환단을 복용한다면 이성민의 내공은 어마어마한 증진을 거두게 된다.

"거절하겠습니다."

하지만 이성민은 그렇게 말했다. 그 말에 제온의 눈썹이 찡그려졌다.

"내가 주겠다고 하는 것이 부족한가?"

"아니요, 부족하지는 않습니다. 대환단과 소환단…… 신공

철학 하나 이상의 가치를 가진 영약이라고 생각합니다."

"그런데 왜?"

"당신과 똑같은 이유입니다. 나 역시 당신을 믿을 수가 없습니다."

사람을 믿지 못하는 것이 아니다. 제온을 믿을 수가 없다. 이성민의 대답에 제온은 살짝 어깨를 으쓱거렸다.

"아쉽군."

제온은 그렇게 말하면서 몸을 일으켰다.

"마음이 바뀐다면 언제든지 나를 찾도록 하게. 조건은 바꾸지 않을 테니까."

이성민은 그 말에 대답하지 않았다. 제온이 방을 나가자 입을 다물고 있던 베른이 한숨을 내쉬었다.

"제온이 자네를 상당히 경계하고 있는 모양이야."

대환단과 소환단을 얻지 못해 아쉽기는 했지만 어쩔 수 없었다. 무공을 알려주는 것은 리스크가 너무 크다.

"아, 맞아. 자네가 흥미 있을 만한 이야기를 해주지. 자네가 잡은 오우거 키메라 말인데. 나 혼자서는 조사가 힘든지라 베헨게르의 마법사 길드와 공동으로 조사하기로 했네."

"그렇습니까?"

"한번 보고 가겠나?"

"제가 본다고 뭘 알겠습니까?"

"직접 싸운 것은 자네니까. 그쪽에서도 자네의 의견을 들어보고 싶다는 모양이야."

베른이 이렇게까지 말하자 거절하는 것도 힘들었다. 어차피 당장 급한 일이 있는 것도 아니었기에 이성민은 머리를 끄덕거렸다.

베헨게르의 마법사 길드는 용병 길드와 멀지 않은 곳에 있었다. 생각해 보면 마법사 길드에 오는 것은 이번이 처음이었다.

전생의 이성민은 마법과는 인연이라곤 없었다. 그나마 이번 삶에서는 스칼렛 덕분에 몇 가지 마법을 익히게 되었지만, 그렇다고 해서 마법이 익숙해진 것은 아니었다.

"마법에 관심 있나?"

"관심은…… 있습니다."

"마법은 멋진 학문이야. 누군가가 기적이 무엇이냐 묻는다면, 나는 망설임 없이 이렇게 대답할 것일세. 기적은 바로 마법이라고."

그렇게 말하는 베른의 얼굴에는 자신이 익힌 마법에 대한 자부심이 가득했다. 마법사 길드의 안을 흥미 어린 눈으로 보던 이성민의 시선이 허공에 떠 있는 구체로 향했다.

"저건 뭡니까?"

"마법석이지. 마법석이 뭔지 아나?"

"마나를 저장하는 돌…… 이라고 알고 있습니다."

"맞아, 마법석은 마나를 저장하는 돌일세. 모든 아티팩트에는 마법석이 사용되고 있어. 아공간 포켓도 마찬가지고."

베른은 기다렸다는 듯이 아공간 포켓이 어떤 매커니즘을 가진 아티팩트인지 늘어놓았다.

기존의 가방이나 상자에 마법석을 넣고서, 그것을 공간 왜곡 마법으로 숨긴 뒤에 다시 공간 확장 마법을 걸고 마나를 유입시켜…….

그런 장황한 설명을 이성민은 반쯤 흘려들었다.

"이쪽일세."

한참을 떠들면서 베른은 이성민을 안내했다. 베른이 이성민을 데리고 간 곳은 길드 건물의 지하였다. 긴 복도를 걷던 베른이 붉은 문 앞에서 멈춰 섰다.

"이곳에서 오우거 키메라를 연구하고 있네."

베른이 문을 두드리자 얼마 지나지 않아 문이 열렸다. 방 안으로 들어서면서 이성민은 역한 공기에 헉하고 숨을 삼켰다.

"으음."

베른도 설마 이런 광경이 펼쳐져 있을 것이라고는 상상하지 못한 모양이었다.

방 안은…… 끔찍했다. 해체된 오우거의 사체가 공중을 떠다니고 있었고, 흩어진 내장 따위가 바닥에 늘어져 있었다.

"오셨습니까?"

새하얀 가운을 몸에 걸친 남자가 베른과 이성민 쪽으로 다가왔다.

"……이게 대체 뭔가?"

"조사하고 있는 겁니다."

남자가 어깨를 으쓱거리면서 말했다. 주름이 적어 젊어 보이는 얼굴과는 다르게 남자의 머리에는 새하얀 새치가 많았다. 능청스러운 표정을 지으며 베른의 말에 답한 남자가 이성민을 보았다.

"……오호."

남자의 눈에 이채가 실렸다.

"이건 굉장히…… 드문…… 흐음."

그렇게 중얼거리며 다가온 남자가 걸음을 멈췄다.

"아, 소개가 늦었군요. 저는 김종현이라고 합니다."

남자가 살짝 머리를 숙여 보였다.

"당신은 누굽니까?"

호기심이 가득 담긴 두 눈이 이성민에게 향했다. 이성민은 김종현의 이름에 살짝 놀랐다. 김종현이 누구인지 알아서가 아니라, 그의 이름이 이성민과 같은 방식이었기 때문이다.

"……이성민이라고 합니다."

"한국인입니까?"

이성민의 대답에 김종현도 피식 웃으면서 물었다. 이성민이 머리를 끄덕거리자 김종현이 웃는 소리를 냈다.

"뭐, 같은 한국인이라고 해도 똑같은 차원의 출신이라는 법은 없으니까요. 아마 높은 확률로…… 당신과 저는 다른 차원의 한국에서 온 걸 겁니다."

에리아는 그런 곳이다. 온갖 차원에서 무작위로 이계인을 소환한다. 같은 중원 무림이라고 해도 제각각 다른 차원인 것처럼 이성민이 태어나고 자란 한국도 마찬가지다.

"내가 태어난 한국…… 아니, 지구는 몬스터 사태로 개판이 났었습니다. 사방에서 몬스터가 튀어나오고 각성이니 뭐니 하면서 헌터나 마법사가 태어났죠. 당신이 태어난 지구는 어땠습니까?"

"……몬스터가 튀어나오는 일은 없었습니다."

"그렇다면 다른 차원이군요. 뭐, 그래도 같은 한국인을 만나게 되어 즐겁기는 합니다만."

김종현은 그렇게 말하면서 이성민에게 손을 뻗어 악수를 청했다.

"……꼭 그것만으로 즐거운 것은 아니지만 말입니다."

김종현이 묘한 미소를 지었다.

to be continued